# Hans Fallada

# Malheur-Geschichten

Herausgegeben und
mit einem Nachwort
von Günter Stolzenberger

dtv

**Ausführliche Informationen über
unsere Autoren und Bücher
www.dtv.de**

Originalausgabe
© 2019 dtv Verlagsgesellschaft mbH & Co. KG, München
Gesetzt aus der Adobe Garamond Pro 10,4/13,4
Satz: Greiner & Reichel, Köln
Druck und Bindung: CPI books GmbH, Leck
Gedruckt auf säurefreiem, chlorfrei gebleichtem Papier
Printed in Germany · ISBN 978-3-423-28186-7

# Inhalt

*Hinterher sind alle Dummen schlau* 7

Schuller im Glück 9
Die Fliegenpriester 17
Der Bettler, der Glück bringt 25
Die offene Tür 35
Wie vor dreißig Jahren 43
Das Groß-Stankmal 49
Ein Krieg bricht aus 63
Die schlagfertige Schaffnerin 67
Der standhafte Monteur 69

*Nix zu machen: Künstlerpech!* 71

Der Pleitekomplex 73
Warum trägst du eine Nickeluhr? 81
Der Ausflug ins Grüne 87
Das Wettrennen 97
Eine ganz verrückte Geschichte 107
Sein sehnlichster Wunsch 123

*Keiner kann aus seiner Haut* 127

Die Füllige 129
Der Ärmste 141
Die Kränkste von allen 149
Der Boshafte 155
Der Nabel der Welt 163
Die sündige Geflügelmamsell 169
Das biblische Wettgebären 179


*Ja, das ist ein weites Feld* 183

Bauernkäuze auf dem Finanzamt 185
Wie Herr Tiedemann
einem das Mausen abgewöhnte 191
Der Gänsemord von Tütz 203
Pfingstfahrt in der Waschbalje 213
Essen und Fraß 221

Nachwort 231
Quellenverzeichnis 239

## *Hinterher sind alle Dummen schlau*

Wenn neunundneunzig Dinge mißlungen sind,
kann das hundertste doch gelingen ...
*Der Eiserne Gustav*

> Denn was ein richtiger Fuchs ist,
> der riecht eine Gans
> in einem Fuder Stroh.
>
> *Wolf unter Wölfen*

# Schuller im Glück

Es ist Frühsommer, Junimond, der Wald steht im Grün, die Vögel flattern und singen, und durch diese Herrlichkeit wandert ein junger, blonder, gut gekleideter Mann so verdrossen, so mürrisch, so zerfallen mit sich und aller Welt, als sei es nebliger, nasser Herbst oder schneestürmender Winter.

Der junge Mann ist ein Schneidergesell aus der alten Stadt Halle an der Saale, aber nicht rechtliche Wanderschaft hat ihn in diese schönen pommerschen Wälder geführt, sondern es ist schon lange, daß Willi Schuller sich auf die liederliche Seite gelegt hat. Und nun sind die Greifer hinter ihm her, und abseits jeder Eisenbahn, jedes manierlichen Menschen, jeder glückbringenden Aussicht wandert er ziellos dahin, ohne Geld, mit Kohldampf.

Der Wald will nicht enden und der Magen nicht schweigen, immer dunkler wird das Gesicht des Willi Schuller – nun stolpert er auch noch über eine Wurzel, und mit einem Fluch setzt er sich in das Waldmoos.

Aber es ist, als hätte dieser Fluch eine Antwort gefunden, ein melancholisches Muh ertönt, nun knackt es in den Zweigen, der Wanderer springt auf, durch das Haselgebüsch schiebt sich ein weißstirniger Kopf, und Kuh und Wandersmann sehen einander an.

»Muhtsche«, bricht zuerst der Schuller das Schweigen. »Komm, meine gute Muhtsche! Komm, meine liebe Muhtsche!«

»Muh«, sagt die Kuh und kommt. Warum dieses Rindvieh hier allein wie er im großen Wald spazierengeht, sieht der Schuller nun auch, sie ist irgendwo durchgebrannt, der Strick vom Zaun hängt zerrissen. Doch er sieht noch etwas anderes: daß das Euter prallvoll ist, und wenn er auch der neuen Freundin noch nicht so weit traut, daß er sich direkt unter sie legt, auch in einen Filzhut kann man melken. Und so strippt und strullt er sich denn nach bestem Können eine kräftige Mahlzeit in den Hut. Die Kuh steht still, der Magen sagt ja zu der Mahlzeit und da capo. Das läßt sich machen, auch die zweite Mahlzeit wird verdrückt, und plötzlich sieht die Welt ganz anders aus: Der Wald ist nett, und die Vögel sind nett, und der stille Weg ist eigentlich auch nett. Besser jedenfalls, als gingen Gendarmen darauf.

Willi Schuller sieht die Kuh etwas zweifelhaft an. Dann schwenkt er den Hut, daß die letzten Milchtropfen spritzen, sagt lustig-verlegen: »Guten Tag und danke schön, Muhtsche« und nimmt seinen Weg wieder unter die Füße. Die Kuh antwortet »Muh« und hat denselben Weg. Schuller geht hastiger, die Kuh hat es auch eilig. Schuller bleibt stehen. »Gehst du weg, Muhtsche!« Die Kuh sieht ihn an.

Als er weitergeht, streckt sie ihm gleich den Kopf über die Schulter, daß sie auch in Kontakt bleiben. Und weil das lästig ist, faßt er sie beim Strick und denkt bei sich: Vielleicht verdiene ich mir als Finderlohn Mittagessen und ein Nachtquartier.

Nach einer Weile Wanderschaft lichtet sich der Wald, Schuller nebst Kuh sehen Felder vor sich, Wiesen, ein Flüßchen zwischen Weiden und Pappeln und rechter Hand einen Bauernhof. Auf einer Wiese am Weg steht der Bauer und mäht.

Schuller ist es nicht ganz gemütlich, mit der Kuh am Strick beim Bauern vorbeizugehen, er läßt den Strick so lang, wie es geht, als hätte er nichts mit dem Rindvieh zu tun, murmelt hastig »Guten Tag« und will weiter.

»He«, ruft der Bauer.

Schuller marschiert eilig weiter.

»Holla!« ruft der Bauer. »Sie da! Das ist doch die schwarze Bleß vom Müller?«

»Ja?« sagt Schuller dämlich und muß stehenbleiben, denn die Kuh ist stehengeblieben.

»Will er sie nun doch verkaufen?« fragt der Bauer. »Bringst du sie auf den Markt nach Pyritz?«

»Ja«, sagt Schuller.

»Du bist wohl der neue Müllerbursche? Was will er denn für haben?«

»Dreihundert ...«, sagt Schuller und schwitzt.

»Der Esel! Der Dickkopf!« schimpft der Bauer. »Und mir hat er sie dafür nicht lassen wollen!«

»Guten Tag«, sagt Schuller und zieht an dem Strick.

»He!« ruft der Bauer wieder. »Holla! Für dreihundert nehme ich die schwarze Bleß auch, und du sparst den Weg auf Pyritz. Und ein Schwanzgeld kriegst du obendrein.«

»Wieviel?« fragt Schuller.

»Zehn«, sagt der Bauer.

»Fünfzehn«, verlangt Schuller.

»Ist gemacht«, sagt der Bauer, und sie geben sich die Hand.

Nachher, in der Bauernstube, nachdem der Schuller die Dreihundertfünfzehn in Empfang genommen hat, steht der Bauer nachdenklich und dreht ein Fünfmarkstück in der Hand.

»Du«, sagt er zögernd. Der Schuller schweigt. »Du sparst doch den Weg auf Pyritz, ja?« fragt der Bauer.

»Ja«, sagt der Schneider.

»Du könntest mir einen Gefallen tun, und ich geb dir fünf Mark. Ich hab meinen Braunen an den Bauern Scheel in Puttgarten verkauft – möchtest du ihn dem nicht hinbringen?«

»Ja …«, meint Schuller zögernd.

»Es ist knapp eine Stunde Weg. Du mußt nur aufpassen, daß der Müller dich nicht sieht. Weil er doch denkt, du bist auf dem Markt …«

»Meinethalben«, läßt sich Schuller erweichen.

»Ja – und paß auf, daß der Müller dich nicht sieht. Der wollte auch gerne den Braunen kaufen, aber der Scheel zahlt dreihundertfünfzig.«

»Ich laß mich nicht sehen«, sagt Schuller und reitet ab.

Wie er in den Wald reitet, fängt er an zu pfeifen, dreihundertzwanzig Eier in der Tasche und von Schusters Rappen auf den Braunen gekommen. Der Magen satt, der Beutel satt – es ist eine vergnügliche Welt.

Aber dann hört Schuller wieder mit Pfeifen auf, der Braune macht behutsam Bein für Bein trapp-trapp, und Schuller denkt nach.

Eine Weile später kommt der Kreuzweg, wo es zur Wassermühle links und nach Puttgarten zum Scheel rechts geht. Schuller reitet links ab. Es kommt ein Wiesentälchen im Wald, wieder sieht der Schneider das Flüßchen mit seinen Weiden und Pappeln, und da ist auch schon das rote Dach der Mühle. Schuller steigt ab, klopft gegen ein Fenster und ruft: »Hallo!«

Die Tür tut sich auf, und der Müller kommt heraus. »Na?« fragt er und betrachtet sich Roß und Reitersmann.

»Guten Tag«, sagt Schuller und läßt dem Müller alle Zeit, sich den Gaul gründlich anzusehen.

»Wie kommt denn Vossens Brauner zu dem Reiter?« fragt der Müller.

»Ich bin Schneider«, sagt Schuller und lügt einmal nicht.

»So«, sagt der Müller.

»Ich bin aus der Verwandtschaft von Voß«, sagt Schuller und gerät dabei wieder in sein richtiges Lügen-Fahrwasser.

»So«, sagt der Müller wieder. »Und was hat der Braune damit zu tun?«

»Mein Onkel muß eilig was zahlen«, erzählt Schuller. »Und da läßt er fragen, ob Sie den Braunen jetzt für Dreihundert wollen?«

»Na ja«, sagt der Müller und denkt nach. Er denkt lange nach, dann sagt er: »Zweihundertfünfzig.«

Schuller sagt nur »Nein« und macht Anstalten, wieder auf den Gaul zu kraxeln.

»Halt!« ruft der Müller. »Wo willst du denn nun hin?«

»Zum Scheel nach Puttgarten«, sagt der Schuller bloß.

»So, also zum Scheel. Na also, dreihundert, meinethalben, aber ein Schwanzgeld kriegst du nicht.«

»Aber ...«, sagt Schuller.

»Kriegst du nicht«, sagt der Müller. »Bind den Gaul an und komm rein, daß ich dir das Geld gebe.«

Schuller hat sein Geld eingestrichen und trinkt mit dem Müller einen Schnaps, da hört er draußen vor dem Haus Weibergeschrei und Gekreisch, und eine dicke rote Frau kommt in die Stube gestürzt und weint: »Oh, Vadding, Vadding! Use Kauh is weg! Use Bleß is weg!«

Dem Schneider wird es heiß und kalt.

»O verdammt!« schreit der Müller. »Hast du doch keinen neuen Tüderstrick genommen?! Da soll doch der Henker –! Unsere beste Kuh –!«

Die Frau weint, der Müller flucht, da sagt Schuller: »Ihre Kuh ist weg? Ich weiß, wo die ist.«

»Was ...?« sagen die beiden und sperren Nase und Mund auf.

»In Onkel Vossens Klee hat sie gestanden«, berichtet Schuller. »Da hat sie der Onkel gepfändet wegen dem Feldschaden ...«

»Meine Bleß gepfändet!« schreit der Müller. »Der olle düsige Voß und meine Bleß pfänden! Da soll doch das Wetter ...!«

Stürzt aus dem Haus, springt auf den Braunen, klappert

die Straße runter, schreit zum Schuller: »Du kommst gleich nach, du! Du bist Zeuge …« Weg ist der Müller um die Waldecke.

Der Schuller ist lieber nicht nachgekommen. In einer Waldecke hat er die Marie gezählt, und vor Lachen hat er sich immer wieder verzählt, wenn er sich ausgemalt hat, wie Müller und Bauer sich wegen Kuh und Pferd auseinandergesetzt haben … Müller mit Vossens Braunem, Bauer mit Müllers Bleß, und so rechtlich beide bezahlt … Schuller lachte noch lange.

Später aber, vorm Richter, der auch hat lachen müssen, hat der Schuller wieder gesagt: »Es ist alles von selbst gekommen, Herr Richter, ich hab nichts dazu getan. Man muß nur das Genie haben, dann hat man auch einen glücklichen Tag. Getan hab ich nichts dazu …«

Der Richter ist anderer Meinung gewesen.

> Man muß sich nicht genieren,
> aus einer Sache Geld zu schlagen,
> die den Leuten Spaß macht ...
>
> *Der Eiserne Gustav*

# Die Fliegenpriester

In einem Krug im Schleswigschen saß der dicke Krüger eines Morgens recht behaglich am Tisch und gähnte. Seine Leute waren mit der Frau längst draußen zum Heuen, die Fliegen burrten und brummten so recht schön in der warmen Stube, und es war überhaupt alles herrlich ruhig und gar keine Aussicht, etwas tun zu müssen, bis der Postbote mit der Zeitung kam. Also versuchte der Krüger immer wieder ein Nickerchen, obwohl er gar keinen Schlaf mehr hatte.

Ärgerlich wurde er aber doch, als in solch mißglücktes Schläfchen Stimmen klangen, die Tür aufging und zwei junge Leute hereinkamen, Männlein und Weiblein, mit bloßen Knien und Rucksäcken. Der Krüger blinzelte und wünschte die beiden zehn Kilometer weiter, tat aber, als schliefe er. Die jungen Leute besahen sich die Gaststube, die Fliegen, die Tröpfelbierneige auf der Theke, schließlich auch den dicken schläfrigen Mann am Tisch.

»Ob man hier einen Kaffee kriegen kann?« fragte der junge Mann ermunternd.

»Ja, mit dem Kaffee, das ist so eine Sache«, meinte der Krüger zweifelhaft und entschloß sich, um seine Ruhe zu kämpfen.

»Warum eine Sache? Gibt es keinen Kaffee?«

»O doch, den gibt es schon.«

»Und also –?«

»Ja – ob die jungen Leute das trockene Kaffeemehl essen mögen?«

»Gibt es denn hier kein Wasser?«

»O doch, das gibt es schon!«

»Was gibt es denn nicht?«

»Feuer gibt es nicht. Die Frau hat die Streichhölzer mit aufs Feld genommen.« Und nun schließt der Krüger wieder die Augen, er glaubt, jetzt hat er Ruhe. Als er aber wieder blinzelt, weil die gar nicht gehen, liegt eine Schachtel Streichhölzer vor ihm. Der Krüger seufzt schwer, aufstehen, Feuer anmachen, Wasser aufsetzen, Kaffee brühen –: »Trinken denn die jungen Leute den Kaffee auch ohne Milch?«

»Hier gibt es doch Kühe, warum gibt es denn keine Milch?«

»Weil die Milch schon abgeliefert ist an die Molkerei.«

»Ob man eine Kuh nicht ein wenig strippen kann? Soviel zu etwas Kaffee, sowenig Milch gibt sie doch immer!«

Was die denken? Nichts ist schädlicher für eine Kuh! Nein, Milch gibt es nicht. Und Zucker auch nicht, den hat die Frau eingeschlossen.

Nun, werden sie den Kaffee schwarz und bitter trinken, das macht schön, erklärt das junge Ding, und hat es wahrhaftig nötig, so ein magerer Stecken.

Als der Krüger einsieht, es hilft nichts, steht er langsam auf und verkündet, es werde wohl eine Weile dauern mit dem Kaffee. Das macht aber nichts, erklärt der junge Mann und lacht, sie haben Zeit. Und er soll dann gleich Brot mitbringen und Butter und Wurst und Käse und vier weichgekochte Eier ... Und ein paar Scheiben Schinken!

Der Krüger seufzt kummerhaft und verschwindet. Hartnäckige Menschen gibt es. Aber schließlich und endlich ist an allem die Krügerin schuld, warum läßt sie ihm nicht wenigstens ein Mädchen im Hause?

Die jungen Leute in der Gaststube stecken die Köpfe zusammen. Sie sind auf der Wanderschaft, sie wollen nach Husum, in die Geburtsstadt Theodor Storms. Heute nacht haben sie im frischen Heu geschlafen, sie hätten Kopfschmerzen davon bekommen müssen, aber sie haben nur die Köpfe voller Streiche. Jetzt wollen sie dem dicken düsigen Krüger einen Streich spielen.

Als der zurückkommt – es ist eine lange Zeit vergangen, trotzdem er den Schinken fortgelassen hat, für den hätte er ja in die Räucherkammer hinauf gemußt –, also, als der Krüger zurückkommt, sind seine beiden Gäste eifrig beschäftigt: Er hat eine weiße Tüte in der Hand, und sie hat auch eine weiße Tüte in der Hand. Und in den beiden Tüten burrt es und brummt es und surrt es. Das junge Mädchen schreit: »Du, da an dem Bild sitzt ein ganz dicker Bock!«

Und da macht der junge Mann einen Griff, und burr! schwirrt auch diese Fliege gefangen in der Tüte.

Der Krüger setzt den Kaffee hin und brummt: »Also, da ist Ihr Frühstück!«

»Ja, setzen Sie nur hin«, sagt der junge Mann. »Sie haben ja hier herrlich viel Fliegen!«

»Gott, jetzt hab ich aber eine feine Ziege!« ruft das junge Mädchen. »Die bringt sicher einen Groschen!«

»Psscht!« macht der junge Mann warnend.

Die fangen und fangen, und bald sagt der Krüger, dem es um seine Arbeit leid ist: »Ihr Kaffee wird kalt.«

»Gleich!« sagt der junge Mann.

»Gleich!« ruft das junge Mädchen. Und sie jagen weiter.

Dann trinken sie auch was, dann essen sie auch was, aber nur ganz eilig, im Stehen, im Laufen und Fangen, und wie es immer so weitergeht, da fängt es doch auch im Krüger an zu burren und zu summen. »Solche Fliegenpriester!« sagt er ärgerlich. »Die werden ja doch nicht alle. Aus dem Kuhstall kommen immer frische.«

»Im Kuhstall haben Sie auch welche?« schreit der junge Mann. »Nicht wahr, Sie sind so gut, wir dürfen da nachher auch noch fangen?«

Wird man um was gebeten, soll man nicht gleich ja sagen. »Nein«, sagt der Krüger. »Ihr macht mir die Kühe wild mit euerm Hopsen.«

»O bitte!« ruft das junge Mädchen. »Sicher sind da viele. Das bringt wieder schönes Geld.«

»Psscht!« macht der junge Mann warnend.

Es kommt langsam beim Krüger, aber es kommt. »Wozu braucht ihr denn die Fliegen?« fragt der Krüger nach einer langen Weile.

Die beiden jungen Leute sehen sich an und setzen sich fein still und friedlich an den Kaffeetisch.

»Wozu braucht ihr denn die Fliegen?« fragt der Krüger noch mal.

»Na, Sie werden's ja gelesen haben«, sagt der junge Mann mürrisch.

»In der Zeitung?« fragt der Krüger.

»Weiß ich nicht. Im ›Reichsanzeiger‹.«

»Im ›Reichsanzeiger‹ –?« fragt der Krüger wieder und versinkt in Sinnen.

Die beiden haben ein Weilchen ganz brav gegessen und getrunken, aber nun ist die Leidenschaft wohl wieder über sie gekommen, erst sind sie einmal und noch einmal aufgesprungen, und nun jagen sie wieder im Zimmer herum.

»Also sagen Sie es!« verlangt der Krüger.

»Was?«

»Wozu Sie die Fliegen brauchen.«

»Sie haben's doch gelesen.«

»Sagen Sie's.«

»Abliefern«, sagt der junge Mann.

»Apotheker«, sagt das junge Mädchen.

Irgend etwas vom Krieg dämmert in des Krügers Hirn. Da mußte man auch alles mögliche abliefern und wußte nicht, warum. – »Wozu abliefern?« fragt er.

»Für die Impfversuche«, sagt der junge Mann.

»Gegen Grippe«, sagt das junge Mädchen.

»Von Reichs wegen«, sagt der junge Mann.

»Grippe kommt von Fliegen«, sagt das junge Mädchen.

»Ach so«, sagt der Krüger. »Wir haben hier keine Grippe.«

»Das ist das Gute daran«, sagt der junge Mann.

»Und das bringt Geld?« fragt der Krüger.

»Etwas«, sagt der junge Mann.

»Es lohnt sich kaum«, sagt das Mädchen.

»Wieviel?« fragt der Krüger.

»Je nachdem«, erklärt der junge Mann.

»Bis zu fünf Pfennig«, sagt das junge Mädchen.

»Das Pfund?« fragt der Krüger.

»Das Stück«, sagt das Mädchen.

Und nun sitzt der Pfeil und zittert im Herzen. Aber eine Weile passiert nichts. Die fangen noch ein bißchen, aber dann ist es leergefangen. »Möchte zahlen«, sagt der junge Mann. »Oder dürfen wir noch in den Kuhstall?«

»Das sind meine Fliegen«, sagt der Krüger.

»So dürfen Sie mir nicht kommen«, sagt der junge Mann. »Was macht das Frühstück?«

»Geben Sie mir meine Fliegen«, verlangt der Krüger.

»Das hätten Sie vorher sagen dürfen, daß wir hier nicht fangen dürfen.«

»Dann hätten wir hier nichts verzehrt.«

»Ich will meine Fliegen«, beharrt der Krüger. »Sie haben hier alles leergefangen.«

»Ich denke gar nicht daran«, erklärt der junge Mann. »Ich leg hier drei Mark hin fürs Frühstück.«

»Behalten Sie Ihre drei Mark«, sagt der Krüger. »Ich will meine Fliegen.«

»So was gibt es ja gar nicht«, protestiert das junge Mädchen. »Eher laß ich die Fliegen fliegen!«

Der Krüger überlegt. »Sie sollen das Frühstück umsonst haben, aber meine Fliegen will ich. Sonst ruf ich den Landjäger an.«

»Das ist ein schlechtes Geschäft«, schilt der Kerl. »Wir haben sicher für zwanzig Mark Fliegen in den Tüten.«

»Aber es sind meine Fliegen!«

»Ich würd mich nicht sträuben«, sagt plötzlich das junge Mädchen. »Du siehst doch, was das für einer ist. Droht gleich mit dem Landjäger.«

»Und ich tu und tu es nicht.«

»Also, ich ruf an«, warnt der Krüger.

»Wenn es gar nicht anders geht …« Und das Geschäft wird abgeschlossen. –

Zwei Stunden später kommen zwei junge Leute lachend aus der Apotheke der Kreisstadt, und auch der Apotheker lacht, und auch der Provisor lacht.

Vier Stunden später steht der Krüger in der Apotheke. Ganz sicher ist er doch nicht mehr, er hat unterdessen mit seiner Frau gesprochen. »Ich hab hier so Fliegen«, sagt er fragend.

»Recht viele?« fragt hoffnungsvoll der Apotheker.

»Über tausend Stück sicher«, sagt der Krüger stolz.

»Gut«, sagt der Apotheker. »Das ist noch ein Geschäft!«

»Und was zahlen Sie?«

»Das kommt auf die Ware an. Geben Sie mal her.« Der Apotheker bekommt eine Tüte und späht lange hinein. »Ja«, sagt er gedankenvoll, »die kann ich aber nicht brauchen. Sie haben ja alles durcheinander gesteckt: die Böcke und die Ziegen!«

»Wie –?!!« fragt der Krüger.

»Sortieren müssen Sie die!« sagt der Apotheker.

»In Böcke und Ziegen«, schreit der Provisor.

»In weiblich und männlich«, schilt der Apotheker.

»Wie –?!!« fragt der Krüger.

»Die müssen sortiert werden«, sagt der Apotheker und dreht sich um. »Nehmen Sie sie wieder mit und bringen Sie sie sortiert.«

Der Krüger steht lange stumm. »Oh, da soll doch –!« schreit er plötzlich und ist strahlend hell im Hirn. »Solche verdammten Fliegenpriester –!«

Die ganze Apotheke burrt von Fliegen.

> Man muß das Gute nämlich
> nicht gerade mal tun,
> weil es einem Spaß macht,
> sondern immer,
> weil man das Gute liebt.
>
> *Wolf unter Wölfen*

# Der Bettler, der Glück bringt

Sein Aufstieg war langsam gewesen und zäh, Jahr um Jahr, Lehrling, dritter Verkäufer, zweiter Verkäufer, erster Verkäufer. Achtunddreißig Jahre alt war er, als er Abteilungsvorsteher wurde, zweiundzwanzig Jahre Weg mit Lächeln, Geschmeidigkeit, hinuntergeschluckten Anschnauzern, Getretenwerden, Bücklingen. Sein Absturz ging rasend schnell, Kündigung zum nächsten Termin. »Die schlechten Zeiten, Herr Möcke … Sie verstehen … Wir müssen den teuren Vorsteherposten einsparen, Herr Möcke …«

Wie er nach Hause gekommen war, er wußte es nicht. Schließlich lag das Häusel in der Sonne vor ihm, ein richtiges Siedlungshäuschen zur Miete, fünfundsechzig Mark im Monat und tausend Mark Genossenschaftsanteil. Die Rosen im Vorgarten standen wie die Puppen, er hatte sie selbst gekauft, gepflanzt, gepflegt, die Fensterscheiben schimmerten wie die Spiegel, die bunten Gardinen wehten ein bißchen. Herr Möcke wachte auf, als er das sah, er seufzte, dann ging er hinein, Linni Bescheid zu sagen.

Sie waren besser daran als zehntausend andere, die Möckes. Sie hatten keine Kinder, und die Einrichtung war schon seit über einem Jahr abgezahlt. Außerdem würde Möcke rasch wieder Arbeit bekommen, vielleicht als erster Verkäufer, sicher als zweiter, man kannte ihn in der Branche, untüchtig war er nicht. Dann kam der Entlassungstag, das letzte Mal Gehalt, und der Personalchef Kunze sagte: »Na also, Herr Möcke, vielleicht sehen wir uns schon in aller Kürze wieder, verstehen Sie.«

Möglich, es war das nur so eine trostreiche Redensart, möglich aber auch, daß was dahintersteckte. Nach drei Tagen, als Möcke zum ersten Male mit einem andern Herrn aus der Siedlung zum Stempeln marschierte, war er überzeugt, es steckte was dahinter. Kollege Wrede war immer ein Schwein gewesen.

»Wissen Sie, Herr Möcke«, sagt der andere Herr, »glauben Sie, ich zahle noch Miete? So blau! Ich wohne einfach den Genossenschaftsanteil ab. Für die tausend Mark kann ich noch lange wohnen.«

»Bei mir ist es ja anders«, sagt Herr Möcke vorsichtig. »Ich bin leider einer Intrige zum Opfer gefallen. Aber die Sache steht direkt vor der Aufklärung. Unser Personalchef hat mir da bestimmte Zusagen gemacht ...«

»Ach, Sie denken, Sie kriegen noch Arbeit?« sagt der andere. »Das denken im Anfang alle. Sie sind doch bald vierzig, da kriegen Sie doch nie im Leben mehr Arbeit. Bedenken Sie doch, Ihr Tarifgehalt ist um Dreiviertel höher als das von einem Neunzehnjährigen.«

»Mir sind Versprechungen gemacht ...«, beharrt Möcke.

Dann ist er drin in der grauen Flut der Stempelbrüder, die an den Schaltern vorüberströmt, ist drin, Wochen, Monate. Es ist sehr schwer, sich aus einer solchen Flut herauszuhalten. Herr Möcke zwingt es, ihm sind Versprechungen gemacht worden. Jeden Tag kann jetzt Herr Kunze schreiben. Mittlerweile kriechen sie zusammen. Sechsundneunzig Mark Unterstützung, fünfundsechzig Mark Miete, aber es muß durchgehalten werden, er darf seinen Ruf nicht schädigen, wenn Herr Kunze Erkundigungen einzieht ...

Linni hört seit vier Monaten von Herrn Kunze, Linni geht nicht zweimal wöchentlich in die graue Flut vom Arbeitsamt, die ihren Mann hoffen lehrt, Linni sagt kurz und böse: »Ach, dein Kunze, der schreibt doch nie ...«

Möcke sieht seine Linni an, dann geht er aus dem Zimmer, er geht die Treppe hinunter, er geht in den Garten, da steht er und guckt; ein nasser, herbstlicher Garten ist ziemlich trostlos, ein grauer Himmel, ein jagender Wind – trostlos. Linni hat ja eigentlich recht, denkt Möcke. Kunze könnte endlich auch schreiben. Und zehn Minuten später: Werde ich Kunze schreiben!

Ein großer Entschluß, ein heroischer Entschluß, aber, alles in allem, das Ei des Kolumbus. Am Abend setzt sich Herr Möcke hin und schreibt an Herrn Kunze, bittet ihn um eine Unterredung. Als er am nächsten Morgen mit dem schicksalsschweren Brief aus der Haustür will, klingelt es grade, Möcke macht auf, ohne durch das Guckloch gesehen zu haben – ein Bettler steht vor ihm.

Nun ist die Sache so: Früher, als Möcke noch Arbeit hatte, machte er oft einem Bettler die Tür auf, und wenn der

Mann dann seinen Psalm runterbetete von arbeitslos, sagte Herr Möcke kurz: »Tut mir leid, bin selber arbeitslos.« Als er dann wirklich arbeitslos wurde, hat er manche Nacht wach gelegen und gegrübelt: Das hätte ich nicht sagen sollen. Ich habe es berufen. Das Schwein Wrede ist nicht allein schuld, ich habe es berufen mit meinem Geschwätz. Seitdem machen Möckes Bettlern überhaupt nicht mehr auf. Erst sehen sie durch den Spion, wer klingelt.

Diesmal aber, in seinem Eifer über den Brief, hat es Herr Möcke verpaßt. Der Bettler steht vor ihm, und der Bettler sagt: »Herr Doktor, nur 'ne Kleinigkeit.«

Herr Möcke sieht den Bettler an, der Bettler ist ein großer, schwerer Mann mit starken Knochen, er hat ein blasses, glattes Gesicht mit einem blonden Schnurrbärtchen, aber vor allem hat er rasche, zupackende Augen. Herr Möcke steht da mit seinem schicksalsschweren Brief in der Hand, er hat so viele Bettler fortgeschickt …

»Einen Groschen, Herr Doktor«, sagt der Mann. »Ich bring Ihnen Glück. Ich hab schon vielen Leuten Glück gebracht.« Herr Möcke greift in die Hosentasche. »Ich spuck auch dreimal gegen Ihre Tür, daß es runterläuft.«

»Das ist nun grade nicht nötig«, sagt Herr Möcke, aber er gibt dem Mann einen Groschen.

Der Mann spuckt dreimal gegen die Tür, es läuft richtig runter. »Sehen Sie, Herr Doktor, Sie kriegen Glück. Ihre Frau darf es aber nicht abwischen. Ich frag mal wieder nach«, sagt der Mann und geht zur nächsten Türklingel. Auf seinem Wege zum Postamt schüttelt Möcke heftig den Kopf über diesen tollen Aberglauben von den Leuten. Aber schaden kann es jedenfalls nicht. Und dann fällt der Brief in den Kasten.

Ist solch ein Brief abgesandt, so wird es manchmal heller in dem Absender, verschiedene Schleier fallen. Was eigentlich hat Kunze gesagt? Gar nichts, Trost, Quatsch – auf dem Wege zum Arbeitsamt sieht alles anders aus, als wenn solch Brief abgesandt ist. Nun gut, Möcke wartet, aber eigentlich richtig wartet er nicht, dazwischen denkt er auch an den spuckenden Bettler und schüttelt wieder den Kopf.

Gut, fünf Tage hat Möcke gewartet, da kommt ein Brief für ihn: Kunze wird sich freuen, den alten Möcke in dem und dem Café zu der und der Stunde zu treffen. Herzlichsten Gruß. Wie steht Möcke im Garten! Wie spricht Möcke mit Linni! Wie macht Möcke dem Bettler die Tür auf am Tage des Rendezvous! Ja, seht, genau an diesem Tage klingelt der Bettler wieder.

»Na, Herr Doktor«, sagt er. »Wie ist das mit uns? Hat es geholfen oder hat es nicht geholfen?«

Herr Möcke lächelt dünn, es ist Blödsinn, es ist natürlich wüstester Aberglauben, aber er sagt doch lächelnd: »Das werde ich heute nachmittag sehen.«

»Wie ist es denn damit?« fragt der Mann mit den starken Knochen. »Wär's gut, wenn ich noch mal spuckte?«

Möcke sieht den Mann an, zu sehr darf man sich auch nicht kompromittieren. »Wenn Sie meinen, daß es hilft? Ich habe nichts dagegen.«

»Macht 'ne Mark, Herr Doktor«, sagt er. »Das vorige Mal, das war nur das erste Mal so billig. Mein Spucken hilft immer.«

Nun wird Herr Möcke doch böse, »'ne Mark, wo ich stempeln gehe! Sie sind ja verrückt! Ich denke ja gar nicht daran. Machen Sie, daß Sie wegkommen von meiner Tür!«

Möcke geht wieder mal in den Garten, er hat seine Rosen einzupacken wegen dem Frost, er hat seine Beschäftigung. Dazwischen seufzt er. Voreilig ist er doch gewesen, für einen Fünfziger hätte der Mann es getan ...

Ja, also, Fahrt in die Stadt, Café, billig ist so was nicht, und eigentlich hat Herr Kunze nur mal klatschen wollen mit dem alten Möcke, sein Herz ausschütten, Zustände sind das jetzt im Betrieb! Aber natürlich denkt er an Möcke, gleich morgen fühlt er vor, erster Verkäufer, warum sollte sich das nicht machen lassen, er schreibt, so rasch er was weiß ...

Möcke wartet. Schnell weiß Kunze nichts, das dauert lange. Manchmal, wenn er spazierengeht, begegnet er auch dem großen Bettler, Herr Möcke geht an ihm vorbei und sieht steil gradeaus. Womöglich hat der Mann durch seine übertriebene Forderung alles verkorkst, auf dieser Welt weiß man nichts.

Weg zum Arbeitsamt. Stempeln. Die immer anschwellende Flut. Ach, das Herz wehrt sich: Ich bin nicht wie die andern, ich habe noch Aussichten, Kunze wird schreiben. Kunze schreibt nicht. Und schließlich sitzt Herr Möcke doch einmal in einer Erwerbslosenversammlung, man muß sich das doch ansehen. Und gut ist das schon anzuhören, was die für Forderungen stellen. Herr Möcke lächelt, wenn er auch einsichtiger ist, so geht es wohl doch nicht, aber dem Herzen tut es gut, das anzuhören.

Neben Herrn Möcke sitzt der große Bettler, und in seiner milden Stimmung sagt Herr Möcke zu ihm: »Also, hier sitzen Sie doch, trotzdem Sie so gut Glück bringen.«

»Sitz ich, sitz ich«, sagt der Bettler, »das ist es doch grade: Wenn ich mir Glück brächte, könnte ich andern doch kein Glück bringen, klar, was?«

Verblüfft sitzt Herr Möcke da, eigentlich hat der Mann ja recht. Und dann fragt er nach einer Weile: »Wann kommen Sie denn einmal zu mir?«

Der Mann sagt kurz: »Das Spucken hilft nicht mehr, das haben Sie sich selbst verschlagen.«

Möcke schweigt, Möcke brütet, zwischendurch hört er auch auf den Redner oben, aber er wird nicht mehr richtig froh über dessen Forderungen, ihm ist, als sei ihm die letzte Chance weggerutscht. Der Bettler schweigt stur.

Nun, nachher, nach der Versammlung, kommen sie doch wieder ins Gespräch –: Ob gar nichts mehr zu machen sei? Der Herr Doktor wartet auf einen Brief, und der Brief will nicht kommen. Nein, der Bettler kann nichts machen, das hat Möcke verprellt, aber der Bettler weiß eine Frau: Die schafft den Brief! Hin- und Hergerede, Gewisper, die Chaussee auf, die Chaussee ab, die Frau kann es, es ist eine fabelhafte Frau, dem hat sie das besorgt und dem das. Ob er ein Bild von diesem Kunze hat? Nun, es geht auch ohne Bild. Sie kann alles!

»Kostenpunkt?«

Der Bettler sieht seinen Mann an. »Sie laufen ja doch wieder weg, Herr Doktor. Glauben Sie, daß so 'ne Frau billig ist?«

Nein, Herr Möcke wird nicht fortlaufen, er wird es sich anhören, ganz ruhig. Nein kann er ja noch immer sagen.

Das kann er. Also, weil es der Herr Doktor ist und weil der Herr Doktor erwerbslos ist, auf und ab fünfzig Mark, wenn das nicht billig ist ...

Also Möcke ist doch wieder weggegangen, er hat nicht einmal nein gesagt. Und nun wartet er wieder und geht wieder zum Arbeitsamt und stempelt, und als das Frühjahr kommt, rutscht er fein sachte aus der »Arbeitslosen« in die »Krisen«, und wenn sie nicht noch ein paar Mark hätten, müßte er es machen wie der Bekannte: einfach keine Miete mehr zahlen.

Und wie Möcke lange genug gewartet und gegrübelt und sich gewehrt hat, fährt er wieder in die Stadt. Er stellt sich an den Personalausgang seines ehemaligen Geschäfts und wartet auf Herrn Kunze. Nein, wie ist Herr Kunze erfreut, seinen alten Möcke wiederzusehen! Immerzu hat er an ihn gedacht, ein paarmal ist es schon soweit gewesen, aber dann kam grade immer was dazwischen, aber schon in den nächsten Wochen vielleicht ...

Möcke fährt nach Hause, sein Kopf dröhnt, er weiß nur, es ist beinahe soweit gewesen, dann kam etwas dazwischen. Er weiß, was dazwischenkam: eine Mark, dann fünfzig Mark.

Von dem Letzten, von dem Allerletzten, nimmt Möcke fünfzig Mark und geht durch die Straßen und sucht seinen Bettler. Er sucht ihn vier Tage lang. Eigentlich müßte etwas getan werden im Garten, Linni schilt, der Möcke hat nur eine Idee, sogar in seinen kurzen, unruhigen Schlaf dringt sie: die fünfzig Mark an den Bettler.

Dann, dann wird alles wieder gut! Er sieht das Geschäftslokal vor sich, den sauberen, hellen Raum, matt gebohnert, die Waren auf den Regalen, die Käufer kommen, er verbeugt sich, er verkauft – wie ist das Leben hell!

Am fünften Tag trifft Möcke seinen Bettler. Er ist verwirrt, maßlos aufgeregt, er kann nicht einmal deutlich sprechen. »Hier«, sagt er. »Für die Frau«, sagt er. »Sie wissen ja, was ich will«, sagt er. »Arbeit …!«

Hinter der Gardine im Eßzimmer steht Tag um Tag Herr Möcke. Von hier aus kann er den Aufgang beobachten, es kann ja auch ein Eilbrief sein, ein Telegramm. Von morgens bis abends steht er und wartet, nachts fährt er hoch: »Hat es nicht eben geklingelt, Linni?«

Aber Linni antwortet nicht, sie weint, sie weint sich noch ihre Augen aus. Während Möcke weiter wartet, wartet, wartet …

> Det is mit euch Männern doch ewig dasselbe:
> wenn ihr dußlig seid, dann seid ihr ooch egal dußlig,
> da jibt es jar kein Uffhören.
>
> *Ein Mann will nach oben*

## Die offene Tür

Lini und Max Johannsen heirateten Anfang Dezember. Er war ein alter Junggeselle – um die Fünfunddreißig –, er hatte jahrelang auf seinem Hof herumgebrüllt, er war kein sanfter Mensch, und für die Heirat war er auch nicht gewesen. Sie war fünfundzwanzig, zart und blauäugig, und sehr verliebt hatte sie ihren Max herumgekriegt. Schließlich hatten sie beide vor dem Altar »Ja« gesagt und jenen Bund geschlossen, der ... Das weiß man.

Die ersten Differenzen zeigten sich kurz vor Weihnachten. Er hatte einen Anzug aus dem Schrank genommen. Er hatte dabei eines ihrer Kleider vom Bügel gestoßen. Sie hatte gescholten. Da hatte er ihre Kleider aus dem Schrank geworfen. »Weil wir verheiratet sind, brauchen wir noch nicht denselben Kleiderschrank zu benutzen.«

Sie fand ihn schrecklich brutal. Das war der Anfang.

Das Weihnachtsfest bekam Max Johannsen gar nicht. Er saß im Hause herum, hatte nichts zu brüllen, irgendwo anzufassen, zu treiben, sich zu betätigen. Er mußte immerzu essen, trinken, rauchen und hatte Gelegenheit, seine Frau den ganzen Tag zu sehen. Ihm fiel auf: Sie kam in sein Zimmer, sie sagte ihm was. Sie ließ die Tür offen, er schloß die Tür. Sie sprachen. Sie ging. Die Tür war auf. Er machte sie zu. Das fiel ihm auf.

Wie gesagt, er war eben unbeschäftigt. Ohne Weihnachten wäre vielleicht nichts erfolgt. So sagte er: »Lini, mach die Tür zu.«

Er sagte: »Die Tür steht auf, Lini.«

Er bat: »Bitte, schließ die Tür, Lini.«

Er stellte fest: »Ihr scheint zu Haus Säcke vor der Tür gehabt zu haben.«

Sie war strahlender Stimmung. Sie kam ins Zimmer gestürzt, erzählte etwas eifrig. Er sah von seinem Zimmer über das Wohnzimmer durch den Vorplatz in die Küche. Er sprach: »Die Tür ist wieder nicht zu, Lini.«

Sie sagte: »Ach, entschuldige!« und stürzte zu ihrem Putenbraten. Natürlich blieb die Tür offen.

Im Grunde seiner Seele war Max Johannsen ein geduldiger Mensch: Wer mit Tieren umgeht, muß geduldig sein. Die zweite Phase seiner Bemühungen um die offene Pforte war die, daß er Lini verwarnte: »Lini, du mußt die Türen zumachen.«

»Lini, es gibt Krach, wenn du die Türen nicht schließt!«

»Zum Donnerwetter, die verfluchte Tür steht schon wieder auf!«

Lini sagte: »Verzeih« und schloß die Türen oder ließ sie offen, wie es sich grade traf.

Am Abend des zweiten Feiertages sagte Johannsen warnend: »Lini, wenn du jetzt die Türen nicht zumachst, bring ich es dir auf eine Art bei, die dir unangenehm sein wird.«

»Aber ich mach doch die Türen zu, Max«, sagte sie erstaunt, »fast immer.« Ging hinaus und ließ die Tür auf.

In dieser Nacht wachte Johannsen auf. Es zog kalt an seine Schulter, die Tür stand offen. Leise fragte er: »Lini?«, aber Lini war weg. Johannsen stand frierend auf und schloß die Tür. Er lag wartend. Lini kam, sie legte sich ins Bett. Johannsen spürte wieder den kalten Zug an seiner Schulter. Er wartete eine Weile, dann stand er auf und schloß die Tür.

Am nächsten Morgen um fünf Uhr hatte er im Ochsenstall eine Unterredung mit Stachowiak. Stachowiak war ein galizischer Bengel, achtzehn oder neunzehn, keine Schönheit. Einige Silbermünzen klingelten, Stachowiak grinste.

Um sechs Uhr stand Frau Johannsen auf. Sie trat aus ihrem Schlafzimmer, beinahe bekam sie einen Schreck: Da stand ein Kerl. Der Kerl grinste, er sagte: »Morgen, Madka«, und dann machte er die Schlafzimmertür zu. Frau Johannsen ging in die Küche. Stachowiak ging auch in die Küche. Sie hatte die Tür aufgelassen, er machte die Tür zu. Frau Johannsen sagte sehr hastig und erregt etwas zu Stachowiak, aber vielleicht war er des Deutschen nicht so mächtig: Er lachte. Frau Johannsen sagte sehr laut: »Raus! Stachowiak, raus!« und zeigte auf die Küchentür. Stachowiak lief zur Tür, probierte die Klinke und nickte beruhigend: Die Tür war zu.

Lini bekommt eine Idee, sie stürzt auf den Hof und ruft nach ihrem Mann. Stachowiak stürzt hinterher und macht die Türen zu. Herr Johannsen ist aufs Feld geritten.

Zum Frühstück ist Max wieder da. Er sitzt an einem

Ende des Tischs, seine Frau am andern. Zwischen ihnen sitzen Inspektor und Eleve, Rechnungsführer und Mamsell. Hinter Frau Johannsen steht Stachowiak. Frau Johannsen sieht, daß das Salz fehlt. Sie stürzt in die Küche, türschließend stürzt Stachowiak nach.

Der Eleve bekommt einen Lachanfall, Johannsen fragt sehr scharf: »Wie bitte, Herr Kaliebe?« Langsamer taucht Frau Johannsen mit dem Salz auf, hinter sich Stachowiak. Das Frühstück verläuft wortlos.

Auch die Unterhaltung nach dem Frühstück zwischen dem Ehepaar ist kurz. Max ist Stahl. »Bitten haben nicht geholfen, nun lernst du es so.«

»Ich finde das einfach brutal!«

»Möglich, aber es hilft.«

»Wie lange soll dies Theater dauern?«

»Bis ich überzeugt bin, es hat geholfen.«

»Gut. Du wirst aber sehen ...«

Was er sehen wird, bleibt unklar. Vor der Tür steht jedenfalls Stachowiak.

Und der Hof erlebt das Schauspiel: Wo Frau Johannsen auftaucht, taucht Stachowiak auf. Lini ist ernst, gehalten, düster, sie merkt diesen Ochsenknecht gar nicht. Der Hof merkt ihn sehr. Sie muß das Geflügel besorgen. Stachowiak besorgt mit. Sie sieht nach dem Jungvieh. Stachowiak sieht mit. Ach, Gut Wandlitz ist so weit aus der Welt ..., auf dem Hofe, zwischen Stall und Scheune, stehen zwei grüngestrichene Häuschen mit herzförmigem Türausschnitt, Frau Johannsen ist nur ein Mensch. Nun gut, Stachowiak hält treue Wacht, obwohl sie diese Tür bestimmt schließt.

Es wird Abend. Es wird Nacht. Es wird Morgen. Ein zweiter Morgen mit Stachowiak. Die Auseinandersetzung an diesem Mittag zwischen dem Ehepaar ist sehr lebhaft und hat ein Ergebnis: Frau Johannsen langt dem Stachowiak eine! Und wie! Drauf ruft Johannsen den Bengel in sein Zimmer. Wieder klingelt Geld ..., und der Türschließer ist gegen weitere Ohrfeigen gefeit.

Doch am schlimmsten ist es am dritten Tag. Frau Johannsen ist grade auf dem Hof, ein Kutschwagen fährt auf die Rampe, Besuch! Frau Johannsen stürzt hin, Stachowiak stürzt mit. Es ist Frau Bendler vom Rittergut Varnkewitz ... Ach, es ist so peinlich, sie gehen in das Haus, und Stachowiak geht mit. Wie sie über den Vorplatz, durch das Herrenzimmer kommen, macht Lini Bewegungen und Laute, wie wenn sie ein Huhn scheucht, aber Stachowiak ist nicht zu verscheuchen. Was muß Frau Bendler denken!

Nun, die Frauen reden eine ganze Weile miteinander. Wenn die Tür aufgeht und das Mädchen mit dem Tablett hereinkommt, sehen sie den Stachu, wie er höflich von draußen die Tür hinter dem Mädchen zumacht. Nun, das öffnet das Herz. Die Frauen weinen und lachen, sie flüstern und sie lachen wieder: Es dauert eine lange Zeit. Schließlich kommt Johannsen auch noch dazu, er kann noch die Einladung für sie beide annehmen, zu Bendlers auf Silvester ... Eine große Ehre ist das. Sicher hat ihm das gut getan ... Er summt und flötet den ganzen Abend, und am Morgen ist Stachowiak wieder bei seinen Ochsen.

Es ist ein Jammer, daß die junge Frau am Silvesterabend nicht mitkommen kann! Es ist ihre erste Gesellschaft, und sie kann nicht mit! Sie ist krank. Nein, sie ist nicht etwa beleidigt, sie ist sogar sehr nett: Unbedingt soll er fahren. Schließlich fährt er.

Ach, es ist herrlich auf Varnkewitz zu Silvester! Was für ein Essen! Was für reizende Frauen! Was für Weine! Was für Schnäpse! Was für Zigarren! Und sie sind alle so nett zu ihm. Sie prosten ihm zu. Sie schenken ihm immer wieder ein. Sie müssen ihn ja trösten, zum ersten Mal in seinem Leben ist er Strohwitwer … So eine reizende Frau. Na, trink, Brüderlein, trink!

Hat Johannsen überhaupt noch die zwölfte Stunde erlebt? Er weiß es nicht mehr. Sicher erinnert er sich nur an eines: Auf der Rampe ist Wacker mit dem Jagdwagen vorgefahren, sein braver Kutscher Wacker, genau wie sein Name. Johannsen will einsteigen, aber so ein Jagdwagen hat zwei höllisch steile Stufen, er schafft es nicht. Er lacht und nimmt einen Anlauf, er schafft es nicht. Die andern Herren lachen auch. Schließlich fassen ihn zwei bei den Armen. Sie geben ihm einen Schwung. Ja, er ist drin in seinem Wagen, aber …, er ist auch schon wieder draußen, auf der andern Seite, glatt durchgefallen, wie eine Kanonenkugel hindurchgefeuert.

Die Herren sind schrecklich bestürzt …, er hat sich doch nichts getan? Sie helfen ihm wieder, sie geben ihm wieder einen Schwung, o Gott, da ist die Lehne, ich muß mich festhalten. Wieder draußen! Nein, so geht es nicht. Ein anderer Wagen fährt vor, eine Strohschütte liegt darauf. Sie legen ihn weich, gleich schläft er. Sie könnten Kühe vor diesen Kastenwagen spannen, er würde es gar nicht merken. Aber so sind sie nicht, sie nehmen Ochsen.

Es ist Nacht, als Johannsen aufwacht, ihm ist schrecklich schlecht. Und mit der Klarsichtigkeit der Verkaterten weiß er plötzlich: Sie haben ihn zum Narren gehabt, sie haben ihn nicht ohne Grund so angeprostet ... Sie haben ihn nicht aus Versehen durch den Wagen geworfen. Das einzige, worin sie die Wahrheit gesagt haben, das war das mit der reizenden Frau. So ein sanftes kleines Wesen, und er solch ein roher Schuft ...

Er liegt eine Weile still, es ist ganz dunkel. Sein Bett kommt ihm komisch vor ... Ausgezogen ist er auch nicht ... Hier schnarcht doch was ... O Gott, ist ihm schlecht!

»Lini?« fragt er leise. Stille.

»Lini?« fragt er lauter.

»Liebe Lini?« Er tastet neben sich.

Er faßt in Stoppeln. Eine rauhe Stimme fragt: »Panje?«

Licht wird es. Über ihn beugt sich Stachowiak. »Was zu trinken, Panje?«

Er liegt in der Kammer vom Stachu, beim Stachu.

Was ist noch zu erzählen? Max Johannsen ist ganz sanft und leise über den Hof in sein Haus gegangen. Er hat sich in sein Zimmer gesetzt und hat nachgedacht. Ziemlich lange Zeit hat er gehabt, dann war der Neujahrsmorgen da, und die Lini kam ins Zimmer.

Er hat Zeit gehabt zum Nachdenken. Um so besser ist es ihm geglückt, ihr ein neues Jahr zu wünschen, und mit »neues« hat er wahrscheinlich wirklich etwas Neues gemeint, was die meisten Gratulanten nicht behaupten können.

> Ach wie bald,
> ach wie bald
> schwindet Schönheit und Gestalt ...
>
> *Wolf unter Wölfen*

# Wie vor dreißig Jahren

Damals, als Gotthold sich in sie verliebte, war Tini ein junges dunkelblondes schlankes Mädchen. Sie war frisch aus Thüringen gekommen und bediente die Gäste am Mittagstisch ihrer Verwandten, irgendwo im Norden Berlins. Sie hatte »Schnecken« über den Ohren, lachte gern und war sogar zu Gotthold nett.

Gotthold war der Sohn eines ehrgeizigen Lehrers, aber trotz nachdrücklicher körperlicher und geistiger Nachhilfe hatte es nicht weiter als bis Obersekunda gereicht. So war er in ein Bankgeschäft abgeschoben worden.

Bei seinem Vater in Ungnade gefallen, saß er vor dem Kontokorrent und dachte mit Bitterkeit an alle, die es weiterbrachten im Leben, die begabter waren und häufiger lachten.

Heute, da sie dreißig Jahre verheiratet sind, weiß Tini längst, daß Gotthold sie nie »richtig« geliebt hat. Er hat sie nur den andern wegnehmen, ihr Lachen, ihre Fröhlichkeit für sich haben wollen. Damals war er eine glänzende Partie für das arme Serviermädel, das nicht einmal richtig Deutsch konnte, heute ...

Heute ... Also, sie sind eigentlich, fünfzig und dreiundfünfzig, mit ihrem Leben durch. Die beiden Kinder, Sohn und Tochter, sind richtig gut verheiratet. Sein Ehrgeiz, Depositenkassenvorsteher zu werden, ist unerfüllt geblieben. Bei der letzten Rationalisierung haben sie Gotthold pensioniert. Da sitzen sie nun beide in einem kleinen Haus in der Vorstadt, mit ein wenig Gartenland ... Sie haben bis an ihr Lebensende ihre kleine sichere Pension ... Und was haben sie sonst?

Er ist gelb und knitterig geworden, der Gotthold. Mit seinem gelben kleinen armen Vogelkopf püttjert er den ganzen Tag im Hause und im Gärtchen herum. Hier wischt er was, dort nagelt er was, nun poliert er was.

»Wie kommt die Schramme ans Büfett, Tini?« quäkt er. »Gestern war noch keine Schramme da, heute ist eine da. Das hast du wieder gemacht!«

Er wischt, er holt Möbelpolitur und macht Wachs warm. Nie liest er ein Buch, aber er läuft hinter Tini hinterher. »Wo hast du die kleine rote Vase mit dem weißen Engel gelassen, die uns Hempels zur Hochzeit geschenkt haben? Heute nacht ist es mir eingefallen. Ich habe sie seit zehn Jahren nicht gesehen!«

»Längst kaputt«, sagt Tini. Oder sie sagt nichts. Sie ist dick geworden, ihre Beine sind unmöglich, aber sie versucht heute noch, nach dreißig Jahren, liebenswürdig zu sein. Sie versucht es immer wieder. Sie fegt durch ihren Haushalt wie ein eiliger Wind. Eigentlich hat sie kaum noch etwas zu besorgen; die Kinder sind fort, aber was sie besorgt, muß schnell gehen. »Rasch, Gotthold, rasch! Wredes haben schon ihre Erdbeerpflanzen gesetzt. Lauf in die Gärtnerei.«

»Aber wie komme ich denn dazu? Lauf du!«

»Die werden schön über uns lachen, wenn wir die letzten mit Erdbeerensetzen sind. Aber wie du willst.«

Er putzt an seiner Azalee herum, er zupft ein Blatt ab, das krank aussieht. Dann betrachtet er das Blatt, ob es auch wirklich krank war. »Sicher hast du wieder an meine Azalee gestoßen.« Keine Antwort. »Also sag mir wenigstens, wieviel Erdbeerpflanzen wir brauchen. Nie sagst du mir richtig Bescheid.«

Nun hat die Tochter geschrieben: Sie hat einen Pelzmantel gesehen ..., nur vierhundert Mark ..., sie hat ihn sich so lange gewünscht ..., ob die Mutter nicht helfen will? Es wäre sooo nett! Die Eltern haben dreihundert Mark Pension, der Schwiegersohn hat siebenhundert Mark Einkommen ... Aber natürlich hilft die Mutter. Solche Briefe kommen an die Adresse der Nachbarin. Der Mann darf sie nicht sehen, er darf überhaupt nichts merken. Wenn man eine tüchtige Hausfrau ist, kann man schon fünfzig Mark vom Haushaltsgeld einsparen, und der Mann merkt nichts. Man muß auch wieder zum Arzt, das Bein tut so weh ... Sicher ist eine Ader gerissen. Da freut er sich, da gibt er gerne vierzig Mark, sechzig Mark.

»Siehste«, sagt er. »Tut es weh? Ich hab's dir ja gesagt ... Du sollst nicht soviel rumlaufen. Tut es ganz richtig weh?«

Das ist sein Glück, wenn es ihr schlecht geht, wenn sie Kummer hat. Der Sohn hat nicht zu ihrem Geburtstag geschrieben? »Siehste! Ich hab's dir immer gesagt. Du hast den Bengel stets in Schutz genommen. Der achtet dich wie nichts. Recht hat er, wo er Amtsgerichtsrat ist, und du kannst nicht mal richtig Deutsch.«

Sein kleiner gelber Kopf tanzt auf den schmalen Schultern. Er lacht. »Weißt du noch, wie ich dem Bengel eine Ohrfeige geben wollte, Weihnachten 1909, und du hast dich vorgestellt, und ich habe dir eine geklebt? Siehste!«

Er lacht, dann schusselt er ab, ins Dorf. Heimlich geht er in ein Café, frißt sich an mit Kuchen und Torte. Das ist seine Leidenschaft, aber er verträgt's nicht: Die Galle schreit. Nachts steht sie, macht Umschläge. »Heißer!« brüllt er. »Noch heißer! Weil du nie was Richtiges kochst.«

»Sicher hast du wieder Kuchen gegessen, Gotthold!«

»Wie kannst du so etwas behaupten?!«

»Schrei nicht so, Gotthold, daß wenigstens nicht die Nachbarn …«

»Grade schrei ich. Alle sollen sie wissen, was ich für 'ne Frau habe. So ein Weib, das nicht mal richtig Deutsch kann.«

Fünf Jahre, zehn Jahre, zwanzig Jahre, dreißig Jahre … Wie viele Jahre noch? Dreißig Jahre vielleicht noch? Sein Vater ist uralt geworden. Manchmal verzweifelt sie, dann schließt sie sich ein zum Weinen. So ist sie wenigstens eine Weile sicher. Dann rüttelt er an der Tür. »Was schließt du dich ein? Seit wann schließt du dich ein vor mir? Hast du wieder Geheimnisse? Wer will Geld von dir? Diese Ausbeuter!«

»Nichts, Gotthold. Mir war ein bißchen schlecht.«

»War dir schlecht? Siehste, habe ich dir nicht gesagt, du sollst den Gurkensalat nicht abends essen? Mir bekommt so was nie.«

Ja, sie verzweifelt ..., aber sie verzweifelt zehn Minuten ..., wenn es hoch kommt, eine halbe Stunde. Ihr ist eben eingefallen, als sie das letztemal beisammen waren, hat die Schwiegertochter einen so häßlichen Jumper getragen, sie wird ihr einen hübschen Jumper stricken, rasch Wolle, rasch los, acht Tage acht Stunden gestrickt, die Augen tun ihr weh ...

»Tun sie dir auch richtig weh? Ich habe dir ja gesagt ...« Aber es muß rasch gehen. Sie freut sich schon auf die Freude der Schwiegertochter. Fertig, zur Post, abgesandt. Sie wartet drei Tage, eine Woche, drei Wochen, dann kommt eine Karte: »Herzlichste Grüße vom herrlichen Ostseestrand. Helga. Hans. PS. Der Jumper ist sehr nett.«

Aber sie hat längst etwas anderes. Ihr ist etwas eingefallen. Da haben sie nun das kleine halbe Zimmer für etwaige Besuche, aber nie kommt jemand zu Besuch. Sie wird Gottholds Bett da hineinstellen, sie wird ihr Schlafzimmer für sich haben. Seit dreißig Jahren hat sie keine Nacht allein geschlafen.

Natürlich wird er nie einwilligen. Nächtelang liegt sie, überlegt. Da ist ihre Schwester in Lüneburg. Sie muß Gotthold dringend auffordern, zu kommen. Eine Vermögensberatung. Er ist ja der Bankfachmann der Familie. Sie muß ihn zwei, drei Tage festhalten.

Unterdes wird sie mit einem Mann die Möbel umstellen. Sie wird sie so umstellen, daß er sie nicht allein zurückkriegt. Dazu ist er zu schwach. Er wird fluchen, schimpfen, brüllen, aber einen Mann nimmt er sich nicht zu Hilfe, dazu ist er zu geizig. Übrigens wird er gar nicht auf diese Idee kommen. Zuerst wird sie die Tür zwischen den beiden Zimmern auflassen, später anlehnen, dann einklinken, schließlich zusperren. O Gott, sie wird wieder allein schlafen, wie vor dreißig Jahren. Sie träumt, sie phantasiert. Wie vor dreißig Jahren. Lieber Gott, es kann alles noch gut werden, ziemlich gut. Sie kann wenigstens nachts allein sein, wie vor dreißig Jahren ...

> Der Mensch ist nicht ganz frei
> von der Eigenschaft,
> seine Fehler andern Geschöpfen anzudichten.
>
> *Wolf unter Wölfen*

# Das Groß-Stankmal

Wie alle Geschichten – nicht nur die aus der Kleinstadt – fängt es mit einem Garnichts an, und wie alle Geschichten wird es später riesengroß – für eine Kleinstadt.

Pumm, der stellungslose Junglehrer Pumm, der sich im Nebenberuf ein paar Groschen durch die Berichterstattung für die sozialdemokratische »Volksstimme« verdiente, dieser Pumm also war an einem schönen Sonntagnachmittag von seinem derzeitigen Mädchen versetzt worden und schlenderte etwas ziellos über den Markt seines Heimatstädtchens Neustadt.

Am Ende des Markts stand auf einem Holzpodest Wachtmeister Schlieker und regelte den Verkehr, der heute wirklich lebhaft war. Der ganze Autoverkehr von Hamburg zu den Ostseebädern geht über Neustadt. Vielleicht darum, zur Hilfe, stand hinter Wachtmeister Schlieker ein zweiter Wachtmeister, Weiß, mit einem Notizbuch.

»Was machen Sie denn da?« fragte Pumm. »Sind Sie Autofalle, Weiß?«

»I wo, Herr Pumm«, krächzte Weiß. »Wir brauchen doch kein Geld. – Ich statiste.«

»Was sind Sie? Statist?«

»Statistik«, belehrte den Lehrer der Stadtsoldat Weiß erhaben. »Statistik, Herr Pumm. Ihr Genosse, Bürgermeister Wendel, will wissen, wieviel Kraftfahrzeuge an einem Sonntag durch Neustadt fahren.«

»Warum denn?« fragte Pumm. »Sagen Sie es schon. Ich gebe 'ne Zigarre aus.«

»Keine Ahnung, Herr Pumm. Ehrenwort. Keine Ahnung.«

Pumm dachte scharf nach, fragte nach den bisherigen Zahlen, sagte erstaunt: »So viele« und blieb stehen, mit zu zählen. Bis Mitternacht. Sie lösten sich manchmal ab, einen heben, aber im allgemeinen zählten sie gemeinsam und genau.

Wie gesagt, damit fing es an.

Am nächsten Tag stand in der »Volksstimme« an der Spitze des lokalen Teils ein längerer Riemen, und zwar dahingehend: »Unsere schöne Vaterstadt Neustadt ist gestern von morgens sechs bis Mitternacht von 13 764 Kraftfahrzeugen passiert worden. Durch Rückfrage bei den Gastwirten am Marktplatz wurde festgestellt, daß 11 (elf!) auswärtige Wagen in Neustadt Station gemacht haben. Das ist noch nicht eins pro mille!! … Wir unterbreiten diese Feststellungen unserm sonst so rührigen Verkehrsdezernenten, Herrn Bürgermeister Wendel, zur Kenntnisnahme. Hier muß etwas geschehen, hier muß ein Anreiz geschaffen werden, um diesen unerhörten Strom kapitalkräftigen Großstadtpublikums unserer Stadt nutzbar zu machen ... Wie wäre es mit der Errichtung einer modernen Großtankstelle auf dem Marktplatz?«

Der Artikel erschien am Montagmittag um ein Uhr. Den ganzen Nachmittag suchte der Magistratsdiener Wrede den Lehrer Pumm. Neustadt hat vierzigtausend Einwohner, ein Mensch muß also in der Stadt zu finden sein. Gegen sieben fand Wrede Herrn Pumm im Café von Gotthold. Gottholds Café ist berühmt für sein gutes Gebäck und für sein Hinterzimmer. Herr Gotthold, der in eigener Person serviert, kommt nie ungerufen in dies Hinterzimmer, und auch dann räuspert er sich noch vernehmlich.

Dort setzte Pumm das Honorar für seinen Artikel in Kaffee, Kuchen und Liebe um. Die verpaßte Verabredung wurde nachgeholt.

»Sie sollen zum Bürgermeister kommen«, sagte Magistratsdiener Wrede.

»Ja, ja«, sagte Pumm und war sauwütend. »Glotzen Sie nicht so, Mensch, das ist ein Mädchen! Haben Sie noch nie ein Mädchen gesehen?!«

»Ich soll Sie mitbringen, Herr Pumm«, sprach Wrede und starrte unerschütterlich auf die Beine der Dame. »Ich suche Sie schon seit drei.«

»Wenn Sie ein Wort reden –!« schrie Pumm und besann sich. »Also trinken wir einen Kognak?«

»Immer, Herr Pumm«, sagte Wrede.

Der Bürgermeister war wirklich noch auf dem Rathaus, um sieben Uhr fünfzehn.

»Sie haben da einen Artikel geschrieben, Genosse Pumm.«

»Ja – ?« fragte Pumm.

»Den Artikel hätten Sie nicht schreiben sollen, Genosse Pumm.«

»Nein – ?« fragte Pumm.

»Der Artikel erregt böses Blut. Die Gastwirte am Marktplatz fassen ihn als eine Beleidigung auf, daß sie nicht anziehend genug sind für die Großstädter.«

»Aber …«, fing Pumm an.

»Sie hätten mich vorher fragen sollen, Genosse«, sagte der Bürgermeister ernst.

»Aber, Herr Bürgermeister«, begann Pumm flehentlich, denn hier ging es um mehr als einen Artikel, hier ging es um seine Anstellungsmöglichkeit in Neustadt. »Ich habe doch schon öfter für die ›Volksstimme‹ geschrieben …«

»Weiß ich«, sagte der Bürgermeister, »weiß ich alles. Aber hier handelt es sich um etwas anderes, hier handelt es sich um eine Idee!«

»Eine Idee – ?«

»Mit der Großtankstelle, ja. Eine neue Idee. So etwas darf nicht unvorbereitet kommen. Jetzt weiß kein Mensch, was er davon halten soll, und alle denken sich selbst was aus. Was glauben Sie, was Sie da angerichtet haben!«

Schließlich ging Pumm nach Haus, er war durchgerüttelt und durchgeschüttelt. Er hatte dem Bürgermeister in die Hand versprochen, fürder keine Ideen ohne Erlaubnis mehr zu haben, keine neuen jedenfalls.

Doch konnte solche interne Abmachung den Gang der Ereignisse nicht aufhalten. Es geschah einiges, zum Beispiel dies:

Im Neustadter »General-Anzeiger« erschien eine Entschließung der Gastwirteinnung, die mit Entrüstung die Verdächtigung zurückwies, ihre vollständig auf der Höhe der Großstadt stehenden Lokale könnten keinen Anreiz auf die Automobilisten Hamburgs ausüben. Der »General-Anzeiger« selbst bezweifelte die Richtigkeit der Statistik.

Die Drogisten Maltzahn und Raps, der Fahrradhändler Behrens, die auf stadteigenem Bürgersteig Tankstellen an den Zufahrtsstraßen zum Markt hatten, erhoben Einspruch dagegen, daß ihnen von ihrer eigenen Verpächterin, der Stadt, Konkurrenz durch Errichtung einer Großtankstelle gemacht werden sollte.

Derop und Shell, bisher in Neustadt noch nicht vertreten, bewarben sich um die neue Großtankstelle.

Ilona Linde, Wirkerin in der Strumpffabrik von Maison, hatte einiges von ihren Eltern und Mitarbeiterinnen wegen eines gewissen Gotthold-Geschwätzes auszustehen. (Der Kognak hatte Wredes Mund nicht plombiert.) Ob es wahr sei, daß sie ihre Strumpfbänder in Gegenwart des Boten Wrede festgemacht habe?

Für Pumm fielen die Nebeneinnahmen von der »Volksstimme« fort. »Soviel Scherereien, wie ich von Ihrem Quatsch habe!« schimpfte Redakteur Kaliebe.

Schweigen um die Großtankstelle. Aber jedenfalls mancher Gastwirt dachte: 13 764 Kraftfahrzeuge ... Hätten wir doch! Aber ... Kann man jetzt noch etwas tun, nach dieser Entschließung? Nein, aber ein anderer ...

Schweigen um die Großtankstelle. Bis Maurermeister Puttbreese, der bekanntlich fast alle städtischen Bauten bekam, im Wirtschafts- und Verkehrsverein einen Antrag einbrachte, durch den städtischen Verkehrsdezernenten den Magistrat zu ersuchen, ob nicht vielleicht doch eine zu errichtende Großtankstelle den Verkehr zu heben geeignet sein würde. Welche Pachtsummen waren etwa für die Stadt zu erzielen?

Bürgermeister Wendel, Vorsitzender des Wirtschafts- und Verkehrsvereins, ersuchte Bürgermeister Wendel, den städtischen Verkehrsdezernenten, einen Antrag an den Magistrat und die städtischen Kollegien auszuarbeiten ... Einstimmig angenommen!

Einstimmig angenommen!! »Großtankstelle auf dem Marktplatz gesichert«, schrieb die »Volksstimme«. »Unsere Anregung einer Großtankanlage von den städtischen Körperschaften aufgenommen«, schrieb der »General-Anzeiger«.

Pumm durfte wieder für die »Volksstimme« schreiben. »Das war ja so ein Quatsch damals«, sagte Redakteur Kaliebe.

Pumm hatte eine Unterredung mit dem Bürgermeister. »Vielleicht vorläufig aushilfsweise beim Gymnasium. Mal sehen«, sagte der Bürgermeister. »Ihr Vorschlag ist gar nicht so übel. Trotzdem mir ja allerdings bei der Zählung ähnliches vorschwebte.«

Das städtische Hoch- und Tiefbauamt wurde mit der Ausarbeitung der Pläne für die Großtankanlage beauftragt. Nun war die Sache so: Stadtbaurat Blöcker war Stahlhelmmann, wenn nicht Schlimmeres. Jedenfalls hatte er sich zum Volksentscheid Landtagsauflösung eingetragen. Andererseits mußte zugegeben werden, daß der Marktplatz, durch die Grotenstraße geteilt, in zwei Hälften zerfiel. Auf der einen Hälfte steht die 1926 mit Kommunalanleihe gebaute einzige städtische Bedürfnisanstalt für Herren und Damen. Kostenaufwand seinerzeit 21000 Mark. Auf der andern Hälfte des Marktplatzes hinwiederum steht das Kriegerdenkmal 1870–71. Gußeisernes, übermannshohes Gitter (gotisch), vier rotpolierte Granitstufen, dann mehrere Granitwürfel, grau und schwarz, mit erzenen Adlern, unordentlich hingepackten Kanonenrohren, alles mit Lorbeer verziert, und obenauf ein Mann mit einer gußeisernen Fahne an einem abgebrochenen Eisenstecken.

»Um«, stellte der Vorbericht von Stadtbaurat Blöcker fest, »um eine ungehinderte, verkehrspolizeilich einwandfreie Zu- und Abfahrt zu der geplanten Großkraftstoffabgabestelle zu schaffen, müßte entweder auf der nördlichen Marktplatzhälfte die städtische Bedürfnisanstalt oder aber auf der südlichen Hälfte das Heldenmal entfernt werden. Vor Ausarbeitung der endgültigen Pläne wird um Entscheidung dieserhalb stadtbauamtlicherseits gebeten.«

»Da haben wir den Salat«, sagte Bürgermeister Wendel.

Immerhin half Totstellen nichts, weiter mußte man. Durch eine wirklich geschickt vom Bürgermeister eingefädelte Indiskretion gelangte der Vorbericht des Stadtbauamtes zuerst in die Redaktion des »General-Anzeigers«, der folgendermaßen Stellung nahm: »Man sieht einmal wieder«, schrieb der Leitartikler, »wie wenig vorausschauende Wirtschaft von den Herren Roten getrieben wird. Hätte man die mit einem enormen Kostenaufwand auf sozialdemokratischen Antrag hin erbaute Bedürfnisanstalt gleich in das äußerste nördliche Ende des Marktplatzes gesetzt statt fast in die Mitte, würde es jetzt keinerlei Schwierigkeiten für unser großzügiges Verkehrsprojekt geben. Eine Verlegung des Heldenmals unserer Altvordern, das in diesen Zeiten der Demütigung so manchem stillen Trost und Erhebung gibt, kann natürlich nicht in Frage kommen.«

Die »Volksstimme« schwieg.

Auf der Redaktion des »General-Anzeigers« aber erschien Kinobesitzer Hermann Heiß mit einem »Eingesandt«: »Warum nicht im Heldenhain?« Der Einsender, von vaterstädtischem Feuer belebt, regte an, das Heldenmal 1870–71 in den Heldenhain am Stadtpark zu überführen. »Dort ist der gegebene Ort, bei unsern Gefallenen aus dem Weltkrieg!« Zähneknirschend mußte die Redaktion des »General-Anzeigers« dieses »Eingesandt« ihres besten Inserenten bringen, obwohl sie die Schiebung durchschaute: Heiß war Reichsbannermann.

Am nächsten Tag brachte die »Volksstimme« einen kurzen, aber entschiedenen Bericht, in dem sie sich den so überraschend sachlichen und zweckmäßigen Vorschlag des »General-Anzeigers« zu eigen machte: »Das Heldenmal in den Heldenhain!«

Darauf brachte wieder der »General-Anzeiger« erstens einen Hinweis, daß Anregungen unter »Eingesandt« ohne Verantwortung der Redaktion erschienen. »So beachtenswert der Vorschlag unseres geschätzten Mitbürgers Heiß auch sein mag, halten wir die Frage doch noch nicht für geklärt genug, um endgültig dazu Stellung zu nehmen. Wir geben darum zweitens Herrn Stadtmedizinalrat Sernau Gelegenheit, sich dazu zu äußern.« Und Sernau: »Treten wir unsere Kulturgüter mit den Füßen?!« – »Jawohl, schleppen wir nur alles, was uns an eine Zeit erinnert, in der wir siegreich und stark waren, aus unseren Augen! Wälzen wir uns in unserer Schmach! Statt eines Heldenmals ein Groß-Stankmal, das sind die Zeichen unserer Zeit! Bürgermeister Wendel mag erst einmal dafür sorgen, daß die Wege zum Heldenhain bei Regenwetter passierbar sind! Der Vorschlag, der hier unter ›Eingesandt‹ erschien, wird jeden Deutschgesinnten empören! Sollen wir die Erinnerungen an unsere Siege verstecken? Das paßte gewissen Herren so! Niemals!!!«

Am Heldendenkmal lag darauf ein viel beachteter Kranz mit schwarzweißroter Schleife »In Treue fest«. Am Häuschen aber fand sich eine Inschrift »Rotfront lebt«.

Die Bürger zerbrachen sich tagelang die Köpfe: Von wem diese schwer zu entfernende Bemalung? Von den Kommunisten? Von den Nationalsozialisten? Von den Stahlhelmern? Oder von den Sozis? Allen war es zuzutrauen. Nein, keinem! Doch, den Kommunisten schon! Die sind nicht so dumm! Da haben Sie auch wieder recht.

Die nächste Sitzung der städtischen Kollegien zeichnete sich durch das aus, was manche Reporter »brechende Tribünen« nennen. Es ging um ziemlich wichtige Geschichten: eine Kläranlage für eine und eine halbe Million, die Erwerbslosenbeihilfen zu Weihnachten, den Verkauf von vier städtischen Grundstücken, die langersehnte Konzession einer Autobuslinie nach Mellen – alles interesselos. Was wird mit der Großtankstelle? Nein, mit dem Groß-Stankmal!

Jede Partei schickte ihren Hauptredner vor. Die Deutschnationalen dagegen. Die Deutsche Volkspartei dagegen. Nazis dagegen. Reichswirtschaftspartei: einerseits nein, andererseits ja; freie Entschließung ihrer Mitglieder. Staatspartei: andererseits nein, einerseits ja, dito. Zentrum nicht vorhanden. Sozis ja. Kommunisten: Gebt uns lieber was zu essen. – Abstimmung: elf Stimmen für die Großtankstelle, fünf gegen das Groß-Stankmal. Die andern enthalten.

Gebrüll: Schiebung. Schlägerei auf den Tribünen. Sehr beachtete Auseinandersetzung zwischen dem städtischen Medizinalrat und Herrn Kinobesitzer Heiß:

»Euch Korpsstudenten kennen wir doch!«

»Mit Großstadtunzucht unsere Töchter verseuchen!«

»Sie haben ja gar keine, Herr Medizinalrat!«

»Das geht Sie einen Dreck an!«

Immerhin, das Ergebnis war da, die Großtankstelle prinzipiell genehmigt, das Stadtbauamt wurde um Entwürfe, auszuführen am Platze des jetzigen Heldenmals, ersucht. Lange Zeit, sehr lange Zeit. Dann kamen die Entwürfe. Die Überführung des Heldenmals wird 3200 Mark kosten, die Errichtung einer Großtankstelle 42 375 Mark. Krieg, wilder Krieg bis ans Messer.

Pumm hat wieder keine Zeitungsarbeit, und Ilona ist jetzt sicher, daß sie ein Kind erwartet. Pumm wird nicht mehr vom Bürgermeister empfangen, er wittert Morgenluft und tritt zu den Nazis über.

Architekt Hennies (BDA) macht einen Gegenentwurf, Kosten 17 000 Mark inkl. Versetzung des Heldenmals.

Wütender Streit zwischen Stadtbaurat Blöcker und Hennies.

Einem Adler am Heldenmal wird ein Flügel abgebrochen, und in der nächsten Nacht bekommt der Mann obenauf ein mennigrotes Gesicht.

Die Stadtsoldaten müssen von da an Nacht für Nacht am Denkmal Wache schieben. Macht pro Mann eine Stunde Dienst mehr wöchentlich. Das Denkmal wird gereinigt, der Flügel des Adlers bleibt allerdings verschwunden, trotzdem hält der Stahlhelm eine Feier zu Füßen des Denkmals ab. Am Abend dieses Tages kommt es zu heftigen Zusammenstößen zwischen Stahlhelm und Kommunisten, Reichsbanner und Nazis. Die gereizte Stimmung entzündet sich beim Anblick des neuesten SA-Mannes Pumm. »Verräter!« – »Ihr Gestänkler!« – »Hau dem Kerl doch eines in die Fresse!« Es geschieht, Ergebnis: ein Toter, drei Schwerverletzte. Der Regierungspräsident legt daraufhin (auf Kosten der Stadt) eine Hundertschaft Schupo nach Neustadt, da die städtische Polizei sich der Lage nicht gewachsen zeige. Der Bürgermeister bekommt einen Rüffel. Im »General-Anzeiger« erscheint ein ungezeichneter Artikel: »Wenn man zum Bürgermeister mit einer Idee kommt.«

Die Stadt brodelt, Neustadt kocht.

Was man angefangen hat, muß man fortsetzen. Eine Lawine hört erst auf zu rollen, wenn sie unten liegt. Neuerliche Sitzung der städtischen Kollegien: Voranschlag Stadtbaurat Blöcker; Kennwort: »Großkraftstoffabgabestelle«; 42 375 plus 3200 Mark. Voranschlag Architekt Hennies (BDA); Kennwort: »Modern«; 17 000 Mark. Mit den Stimmen der Sozialdemokraten, der Staatspartei, eines Teils der Reichswirtschaftspartei und der Kommunisten (sic! sagt der »General-Anzeiger«) wird der Voranschlag Hennies' angenommen.

Der Bau der Großtankstelle ist beschlossen.

Gebrüll. Gelächter. Gebrüll.

Da erhebt sich Fabrikant Maison (deutschnational) und begründet namens seiner Fraktion folgenden Zusatzantrag: »Die städtischen Kollegien wollen beschließen, daß die geplante Großtankstelle so eingerichtet wird, daß an ihrer Erpachtung paritätisch sämtliche größeren Benzinproduzenten teilnehmen. Begründung: Es erscheint unbillig, einer Firma gewissermaßen ein Monopolrecht auf Brennstoffe in unserer Stadt einzuräumen. Auch würde damit der Zweck verfehlt werden, auf *alle* Kraftfahrer der Großstadt, die bekanntlich die verschiedensten Brennstoffe benutzen, einen Anreiz auszuüben. Man erbaue die Tankstelle so, daß vier oder sechs Firmen gleichzeitig nebeneinander ihre Brennstoffe anbieten und abgeben können.«

Bürgermeister Wendel verliert den Kopf. »Aber das ist unmöglich, meine Herren. Ich appelliere an Ihre Vernunft! Jede Firma hat natürlich nur ein Interesse daran, wenn sie die Tankstelle allein kriegt.«

Fabrikant Maison: »Ich danke Herrn Bürgermeister für sein Kompliment. Mit solchen Beschimpfungen stützt er seine Meinung schlecht. Nach meiner kaufmännischen Erfahrung läßt sich das ausgezeichnet machen. Ich stelle mir das sehr hübsch vor, sehr anziehend: sechs, acht Kojen mit den verschiedenen Beschilderungen nebeneinander. Sechs, acht Tankwärter, sind wir gleich sechs, acht Arbeitslose los.«

Gebrüll, Gelächter, Gerede, nein, bitte, Reden. Abstimmung.

Der Zusatzantrag Maison wird mit sieben Stimmen Mehrheit angenommen. Das paritätische Großtankmal ist gesichert. Bleich erhebt sich am Pressetisch Architekt Hennies. »Bei diesen Veränderungen wird mein Kostenvoranschlag natürlich hinfällig.«

Herr Stadtmedizinalrat bittet um Auskunft, wieso Herr Hennies am Pressetisch sitzt. Der Bürgermeister weiß es nicht, Herr Hennies ist rausgegangen.

Aus dem allgemeinen Tumult erhebt sich der Stadtverordnetenvorsteher Genosse Platau. »Meine Herren!« ruft er. »Meine Herren!« Es wird still, denn Platau erfreut sich selbst auf dem rechten Flügel gewisser Sympathien, da er im Felde zwar seinen Arm verloren, aber das EK I bekommen hat. »Meine Herren, ich halte es nicht für richtig, daß wir diese Sache so in der Schwebe lassen. Einerseits ist nun beschlossen worden, die Großtankstelle – «

»Das Stankmal!«

»Ich mag Benzin eigentlich ganz gerne riechen. – Einerseits also soll sie errichtet werden, andererseits soll sie für sechs oder acht Firmen ausgebaut werden. Und dann kriegen wir keinen Pächter.«

»Sehr richtig!«

»Unter diesen Umständen schlage ich vor, wir beschließen: Eine Großtankstelle wird *nicht* errichtet. Dadurch ersparen wir der Stadt Kosten, vernichten einen Streitapfel und erhalten dem Marktplatz seinen schönen gewohnten Charakter. Das ist auch produktive Arbeit. Meine Herren –!«

Allgemeine Verblüffung. Ernste, nachdenkliche Gesichter. Der Antrag ist formal nicht richtig eingebracht, es erhebt sich aber kein Widerspruch, daß sofort über ihn abgestimmt wird. – Es wird abgestimmt.

Spannung. Atemloses Schweigen. Spannung.

Ergebnis: einstimmig (einstimmig!) angenommen! Von Rechts bis Links Einigkeit: keine Großtankstelle! Strahlende Gesichter. Neustadt hat wieder Frieden.

Ein stark anrüchig gewordener Herr Pumm verläßt unter Hinterlassung eines kräftigen Knaben seine Vaterstadt. Er hat fest beschlossen, nie wieder eine neue Idee zu haben.

> Ja, da hatten sie gut reden:
> »Wir haben den Krieg eben verloren
> und müssen ihn bezahlen.« –
> Der Arbeiter sagte: »Als wie icke?!«
>
> *Der Eiserne Gustav*

# Ein Krieg bricht aus

Es ist der 31. Juli 1914.

Dicht gedrängt bis tief in den Lustgarten hinein steht seit dem frühen Morgen die Menge am Kaiserlichen Schloß, über dem die gelbe Kaiserstandarte weht, das Zeichen für die Anwesenheit des obersten Kriegsherrn. Unaufhörlich fluten die Menschen ab und zu; sie warten eine Stunde oder zwei, dann gehen sie wieder an ihre täglichen Verrichtungen, die doch nur eilig, nur obenhin erledigt werden, denn auf jedem lastet die Frage: wird Krieg?

Vor drei Tagen hat das verbündete Österreich Serbien den Krieg erklärt – was wird nun geschehen? Wird die Welt ruhig bleiben? Ach, ein Krieg unten auf dem Balkan, ein Riesenreich gegen das kleine Serbenvolk – was kann das schon viel bedeuten? Aber sie sagen ja, Rußland macht mobil, der Franzose rührt sich – und was wird England tun?

Die Luft ist heiß, es wird immer schwüler. Es saust und braust in der Menge. Am Vormittag soll der Kaiser vom Schloß herab gesprochen haben – aber noch lebt Deutschland mit aller Welt in Frieden. Es gärt und braust – ein Monat ist vergangen mit Ungewißheit, mit Hin und Her, unverständlichen Verhandlungen, mit Drohungen und Friedensversicherungen, die Nerven der Menschen sind durch das lange Warten zermürbt. Jede Entscheidung ist besser als dieses schreckliche, dieses ungewisse Warten.

Durch die Menge drängen sich Verkäufer mit Würstchen, Zeitungen, Eis. Aber sie verkaufen nichts, die Leute haben keine Zeit zu essen, sie wollen auch nicht mehr die Nachrichten vom Morgen lesen, die längst überholt, unwahr geworden sind. Sie wollen die Entscheidung! Sie reden abgerissen, erregt miteinander, jeder weiß etwas. Aber dann – mitten im Gespräch – verstummen sie, alles vergessend starren sie zu den Fenstern des Schlosses hinauf. Zu dem Balkon, von dem heute vormittag der Kaiser gesprochen haben soll … Sie versuchen, durch die Scheiben zu spähen, aber die blitzen, blenden in der Sonne; und wo sie hindurchspähen können, sehen sie nur gelbe, matte Vorhänge hängen.

Was geht dort drinnen vor? Was wird in jenem Dämmer beschlossen – über jeden Wartenden, Mann für Mann, Weib für Weib, Kind für Kind? Sie haben vierzig Jahre im Frieden gelebt, sie können es sich nicht vorstellen, was das ist: ein Krieg … Aber doch ahnen sie, daß ein Wort aus dem stummen, verschlossenen Haus dort alles ändern kann, ihr ganzes Leben. Und sie warten auf dieses Wort, sie fürchten es, und sie fürchten doch auch, daß es ausbleiben könnte, daß so viele Wochen Wartens umsonst durchwartet sein könnten …

Plötzlich wird es ganz still in der Menge, als halte sie den Atem an ... Es ist nichts geschehen, noch ist nichts geschehen, nur die Turmuhren schlugen, von nah und fern, schnell und langsam, hoch und mit tiefem Brummton: Es ist fünf Uhr ...

Noch ist nichts geschehen, sie stehen und warten atemlos ...

Da öffnet sich das Tor des Schlosses, sie sehen es aufgehen, langsam, langsam – und heraus tritt: ein Schutzmann, ein Berliner Polizist, in der blauen Uniform, mit Pickelhaube ...

Sie starren ihn an ...

Er klettert auf eine Treppenbrüstung, er bedeutet ihnen, daß sie still sein sollen.

Aber sie sind ja still ...

Der Schutzmann nimmt langsam den Helm ab, hält ihn vor die Brust. Sie verfolgen atemlos jede seiner Bewegungen, obwohl es nur ein ganz gewöhnlicher Schutzmann ist, wie sie ihn alle Tage auf allen Straßen Berlins sehen ... Und doch prägt er sich ihnen unauslöschlich ein. – Sie werden in den nächsten Jahren ungeheure und schreckliche Dinge sehen müssen, aber sie werden nie vergessen, wie dieser Berliner Schutzmann seinen Helm abnahm, ihn vor die Brust hielt!

Der Schutzmann tut den Mund auf, ach, sie hängen an seinem Munde – was wird er sagen? Leben oder Tod, Krieg oder Frieden?

Der Schutzmann tut den Mund auf und sagt: »Auf Befehl Seiner Majestät, des Kaisers, teile ich mit: Die Mobilmachung ist befohlen.«

Der Schutzmann schließt den Mund, er starrt über die Menge, dann setzt er ruckartig – wie eine Puppe – den Helm wieder auf.

Einen Augenblick schweigt die Menge, schon fängt es in ihr zu singen an, einzelne. Hunderte, Tausende von Stimmen vereinen sich: »Nun danket alle Gott, mit Herzen, Mund und Händen …«

Ruckartig, wie eine Puppe, nimmt der Schutzmann den Helm wieder ab.

> Die kleinen Hunde,
> det sind imma die Kläffa!
>
> *Ein Mann will nach oben*

# Die schlagfertige Schaffnerin

Ein Freund hat mir einmal ein kleines Blatt von Honoré Daumier geschenkt, eines jener dummschlauen, brutalen Parlamentarier-Portraits, wie sie Daumier zu Hunderten gezeichnet hat. Das Blatt trägt die für mich nicht entschlüsselbare Unterschrift »Pot-de-Naz.«, was ich mir aber schlankweg mit »Nazi-Fresse« übersetzt habe. Wieviel Beschimpfungen habe ich nicht schon auf dieses Bild gehäuft! Wie oft habe ich nicht in Stunden der Erbitterung auf dieses fette Gesicht mit seinem brutalen Kinn und den in Fettwülsten versinkenden schlauen Schweinsaugen geschaut und habe mir gesagt: so sehen sie aus, alle mehr oder minder, die Erlauchten der Nation, die Herrn Ley, Funk und Streicher. Sie reden so viel von dem Gangstertum, das jetzt wieder in den Staaten hochkommen soll. In Deutschland braucht es nicht erst hochzukommen. Da sitzt es schon in den höchsten Ämtern und Posten, sie haben sich ihre Gangster fein dafür ausgesucht! Ein solches Gesicht, nach unten fein mit Braun und Rot und Gold verziert stand auch auf der Hinterplattform einer Berliner Elektrischen, jetzt im Kriege, als die junge Schaffnerin einem alten gebrechlichen Herrn sorgsam aus dem Wagen half und ihm auf seinen Dank ein freundschaftliches »Auf Wiedersehen!« zurief. Sie hatte abgeklingelt, und der Wagen fuhr schon weiter, da bemerkte der so hoch uniformierte Nazi strafend: »Sie haben vergessen ›H. H.‹ zu sagen, Fräulein!«

Die hübsche junge Schaffnerin drehte sich nur halb um und streifte die fette »Nazi-Fresse« auch nur mit einem halben Blick. »Und Sie«, bemerkte sie kühl, »Sie haben seit drei Jahren vergessen, meinen Mann an der Front abzulösen!«

Worauf der braune Dicksack kirschrot anlief – aber nur stumm, und die ganze Hinterplattform Gesichter schneidend ins Gelände blickte – auch stumm.

> Solange es geht,
> soll der Mensch Mensch bleiben.
>
> *Bauern, Bonzen, Bomben*

# Der standhafte Monteur

Eines Tages kam zu uns aus Berlin ein Monteur, um irgendeine Maschine zu reparieren. Er war ein richtiger Berliner, helle genug, und er hatte sofort erfaßt, in was für ein Haus er gekommen war. Bei Tisch – wir essen immer alle gemeinsam – taute er auf und gab nun folgende ergötzliche und lehrreiche Geschichte zum Besten, aus der man ersehen kann, daß es in Deutschland auch in der schwersten Zeit aufrechte, unerschütterliche Männer gegeben hat (und geben wird), in allen Berufen und in allen Ständen. Also dieser Monteur erzählt im unverfälschten Berlinisch: »Also, da klingelt det an meine Tür, und als ick uffmache, steht da doch eener von die Bettler des Kanzlers vor mir, mit 'ne Liste in die Flosse. ›Ick komm von't W. H. W‹, sagt der Mann, ›und det is nu mächtig uffjefallen, det Sie noch nie 'n Beitrag zu det große Opferwerk von det deutsche Volk jejeben haben. Det Winterhilfswerk nämlich …‹ Und nu red't er los; ick laß ihn sabbeln, und wie er fertig is, sare ick zu ihm: ›Männecken, sare ick, sparen Se Ihre Puste, ick gebe doch nischt!‹

›Ja‹ sagt er da ›wenn Sie aber jetzt wieder nischt jeben, trotzdem ick Ihnen persönlich besucht habe, dann muß ick uff diese Hausliste eenen Kreis hinter Ihren Namen machen, und det kann doch sehr unanjenehme Foljen for Ihnen haben.‹

›Männecken‹, sare ick wieder, ›wat Sie for geometrische Figuren hinter meenem Namen malen, det is mir völlig schnurz, ick gebe doch nischt!‹

›Mann!‹ drängelt er nu. ›Seien Se doch nich so, stürzen Se sich doch nich mit wissenden Oojen in den Abgrund! Sie jeben mir 'nen Fuffzjer, und ick mache keenen Kreis – klappt der Laden gleich!‹

›Det denken Sie!‹ sare ick. ›Aber een Fuffzjer, det is een janzet Brot, und een Brot, det zählt schon bei mir: ick habe nämlich fünf Kinder.‹

›Wat!‹ ruft der Kerl janz begeistert. ›Sie haben fünf Kinder? Da haben Sie ja janz im Sinne unseres Führers jehandelt.‹

›Jawoll!‹ sare ich, ›bloß, ick mache Ihnen dadruff aufmerksam: all diese Kinder sind vor der Machtergreifung gemacht worden!‹

›Mann‹, sagt er, ›Sie werden ooch im Leben kein juter Nationalsozialist!‹

›Sie haben's erfaßt, Männecken!‹ antworte ich ihm. ›Ick werde nich mal 'n schlechter Nationalsozialist!‹«

## Nix zu machen: Künstlerpech!

… das Leben rechnet anders,
es kommt immer
aus einer anderen Ecke.
*Der Eiserne Gustav*

... wenn das Mißtrauen erst einmal aufgeweckt ist,
schläft es nie wieder ein!

*Der Eiserne Gustav*

# Der Pleitekomplex

Als Annemarie Geier mit vierzehn Jahren die Schule hinter sich hatte, sandten ihre Eltern sie auf eine Handelslehranstalt. Dort brachte man ihr zwei Jahre hindurch Schreibmaschine und Stenographie, einfache und doppelte Buchführung einschließlich Bilanzen, Handelsgeographie, Handelsrecht, bürgerliches Recht und noch einiges mehr bei, die Abschlußprüfung bestand sie mit der Gesamtnote »gut, teilweise besser«. Nun, mit sechzehn Jahren war sie fertig, eine Stellung zu bekleiden, sechzehn Jahre hatten die Eltern Kapital in Annemarie investiert, nun sollte sie den Rest ihres Lebens dieses Kapital verzinsen und amortisieren.

Da Annemarie ein gutaussehendes Mädchen war, bekam sie schon nach kurzem Suchen ihre erste Stellung bei Hess & Co. Sie sah nicht so übertrieben gut aus, daß die Kolleginnen flüstern könnten: »Warum der Alte die engagiert hat, das ist doch klar.« Aber sie war immerhin ein feingliedriges, schlankes, mittelgroßes Geschöpf mit einem bräunlich-blassen Teint, braunem Haar in eigenwilligen Schwingungen und braunen Augen. Das beste an ihr war eine stille, sachte, verhaltene Art, auf die manchmal ein kindlich-frohes Vergnügtsein hellere Lichter setzte. Man hatte sie gern.

Hess & Co. waren eine altangesehene Firma in Putz. Putz en gros. Früher hatte man dort die Hüte mit hundert Prozent kalkuliert, jetzt war man, dem Ernst der Zeit folgend, mit fünfundsiebzig Prozent zufrieden, die teureren Preislagen kalkulierte man sogar nur mit sechzig. Hess & Co. hatten ein eigenes Geschäftshaus, einen etwas pompösen Sandsteinbau aus den neunziger Jahren durch fünf Etagen. Dort saß Annemarie in einem hellen, winters gut durchwärmten Büro vor einer phantastisch schönen Schreibmaschine, einer »Noiseless«, und tippte ihre Briefe. Diese Briefe waren nicht übermäßig interessant, obwohl sie Putz betrafen, aber Annemarie war zufrieden. Sie verdiente sechzig Mark netto im Monat, und sonntags ging sie mit andern im Jugendbund auf Fahrt. Das Leben hatte angefangen.

Allmählich wurde aber alles anders bei Hess & Co. Man war bisher dort sehr vornehm gewesen, Angestellte hatte man dort nicht angebrüllt, nicht etwa, weil man Angestellte überhaupt nicht anbrüllen soll, sondern weil man einfach zu vornehm dazu war. Jetzt konnte Hess senior, der alte gepflegte Herr mit den Koteletten, tobend durch die Räume rennen, und bat eine Angestellte Hess junior um einen Hut mit dem üblichen Angestelltenrabatt, so sagte der junge Mann sardonisch: »Fräulein, Sie denken wohl, wir haben den Laden nur für Sie? Ihre Sorgen in meinen Kopf!«

Dann tauchte ein dicker, mussolinihaft aussehender Herr auf, die Buchhalter stürzten ständig mit Kontoauszügen und Bilanzen in das Chefbüro, Mussolini telefonierte, ordnete an, schnauzte. Es kam der Letzte, es kam der Erste, kein Angestellter wurde zur Kasse gerufen, es gab kein Geld. Und schließlich holte man Annemarie in das Chefbüro, Mussolini saß dort am Chefschreibtisch mit einer dicken Zigarre, Hess senior rannte auf und ab, Hess junior starrte zum Fenster hinaus. Mussolini diktierte an alle Gläubiger der Firma ein Rundschreiben, man sei leider genötigt, die Zahlungen einzustellen, man hoffe auf einen Vergleich, man bäte die Wechsel zu schonen. »Schreiben Sie das auf Wachsmatrize, Fräulein!« – »Wie?« fragte Annemarie.

Sie hatte noch nicht auf Wachsmatrizen geschrieben. Rundschreiben gab es bisher nicht bei Hess & Co., alle waren individuell behandelt worden. Nun das Geld alle war, gab es Klischeebriefe. Es gab überhaupt viel Neues, das Telefon rasselte den ganzen Tag, im Vorzimmer gab es immerzu Herren, die durchaus Herrn Hess sprechen wollten, und Herr Hess war durchaus nicht zu sprechen. Es gab endlose Arbeiten auf den Lagern, Inventur wurde gemacht, noch eine Inventur wurde gemacht, und da beide nicht miteinander übereinstimmten, machte man noch eine dritte. Annemarie wurde der Arm lahm vom Aufmessen der Stoffballen, tagelang stand ihre »Noiseless« verwaist, und dann mußte sie wieder bis in die späte Nacht Aufstellungen tippen. Gehalt gab es immer nur tröpfelnd, zehn Mark, fünf Mark dann, wieder zehn Mark.

Annemarie war längst »vorsorglich« gekündigt, sie mußte zuerst gehen, sie war die Jüngste. Sie erlebte noch, daß Mussolini durch einen kleinen vertrockneten Mümmelmann ersetzt wurde, den Konkursverwalter, der Vergleich war gescheitert. Dann war Annemarie Geier wieder zu Haus, das Berufsleben erst einmal alle, sie ging stempeln.

Nicht sehr lange, einen Monat, im zweiten hatte sie schon wieder Stellung. Bei Sommerling, Getreide und Futtermittel. Eine ganz andere Branche, Annemarie hatte nachgeholfen, daß es eine andere Branche wurde. Der Konkurs war ihr in die Glieder gefahren, sie dachte, Getreide brauchen die Menschen immer, Brot müssen sie essen, nie wieder Putz!

Bei Sommerling war es ganz anders, viel kleiner, aber auch sonst ganz anders. Es kamen dort immer Herren mit grünen Hütchen, von denen Annemarie bisher gedacht hatte, sie wären nur zur »Grünen Woche« in Berlin. Im Zimmer, wo Annemarie saß, stand ein kleiner runder Tisch mit Stühlen. Dort saßen die Wartenden, und zu Annemaries Pflichten gehörte es, ihnen einen Kognak einzuschenken und eine Zigarre anzubieten. Dann gingen die Herren in das Privatbüro vom Chef, wo Jagdstücke hingen und Geweihe, und dort wurde weitergetrunken. Korrespondenz gab es fast gar nicht, dafür aber Frachtbriefe über Frachtbriefe.

Herr Sommerling war ein zutraulicher Mann, manchmal war er auch ein zärtlicher Mann, wogegen Annemarie sich wehren lernte. Er schüttete ihr sein Herz aus über seine zänkische Frau, die Kartoffelgeschäfte und seine Einsamkeit.

»Ich trinke ja nur, weil ich so schrecklich einsam bin, Frollein.«

Eines Abends war Herr Sommerling ernst und bleich, er sprach gar nichts. Dann trat er zu Annemarie und reichte ihr einen Hundertmarkschein. »Weil ich so zufrieden bin mit Ihnen, Frollein! Weil Sie nie mit mir ausgegangen sind, Frollein! Weil ich so einsam bin, Frollein ...!« Er schien ganz außergewöhnlich betrunken. Annemarie wollte ihm seinen Schein am nächsten Tag wiedergeben. Es wurde nichts draus. Am nächsten Tage kam Herr Sommerling nicht wieder, er floh das sinkende Schiff. Es war ein großer Moment, als der bestellte Konkursverwalter den Geldschrank öffnete. Es konnte keinen leereren Geldschrank geben. Kündigung, Entlassung, bis dahin stille Wochen, es gab fast nichts zu tun. Annemarie saß stundenlang und stickte Decken und stopfte Strümpfe. Erschien der Konkursverwalter, so verschwand alles in der Schieblade, und Annemarie sah träumerisch aus dem Fenster.

Dann saß sie wieder einmal zu Haus, ihre Eltern waren bekümmert, die Freunde zogen sie auf: »Wo du dich nur sehen läßt, gibt es eine Pleite.« Oder: »Du bist der wahre Pleitegeier, Annemie, die Pleitegeierin, die Pleitegeiersche.« Annemarie hörte es an, sie lächelte etwas mühsam, aber sie sagte nichts, eine kleine scharfe Falte stieg senkrecht von der Nasenwurzel in die Stirn. Sie dachte sehr angestrengt nach in diesen leeren Tagen, und das, worüber sie nachdachte, war: Sie ordnete ihre Erinnerungen unter zwei Rubriken: Ich bringe Unglück – ich bringe kein Unglück. Das Ergebnis war unsicher.

Nun hat Annemarie längst wieder eine Stellung, seit über einem Jahr ist sie bei Lohmann & Lehmann, hygienische Artikel und Gummiwaren. Ein goldsicheres Geschäft, keine stotternden Gehälter, der Umsatz steigend. Doch die kleine Falte auf Annemaries Stirn ist geblieben, sie sitzt an ihrer Schreibmaschine, sie tippt, sie denkt: Hamburger soll den Wechsel noch einmal umlegen, ist das ein schlechtes Zeichen? Die Mahnungen an die Schuldner gehen diesen Monat zwei Tage früher hinaus, brauchen wir so nötig Geld? Bei Hess & Co. sah auch alles glatt und herrlich aus, und plötzlich ... Herr Lehmann hat gesagt, es sind schwere Zeiten. O Gott, daß ich nur kein Unglück bringe!

Sie hat sich vertippt und radiert.

Es kommt immer mehr Konkurrenz. Wenn man darauf achtet, sieht man es doch, wenn wir auch nicht richtig inserieren dürfen. Aber wenn mehr Konkurrenz ist und es geht deswegen schief, habe ich keine Schuld? Oder kommt so viel Konkurrenz, weil ich hier bin?

Die Falte gräbt sich tiefer. Der Prokurist kommt. »Stenographieren Sie, Fräulein Geier: Wir sind leider nicht in der Lage«, Annemaries Herz setzt aus, »Ihren geschätzten neuen Auftrag vom 15. currentis in der gesetzten Lieferfrist zu effektuieren«, das Herz fängt wieder an, »da unsere Gesamtproduktion für die nächsten vier Wochen voll verkauft ist«, das Herz jubelt. »Wir werden uns jedoch bemühen, Ihren Auftrag dazwischen einzuschieben, da wir verstehen können, daß Sie Ihre Kundschaft nicht ohne Ware lassen können, bitten Sie aber als Gegenleistung, unbedingt auf Barzahlung innerhalb vier Wochen ab Fakturendatum zu sehen«, zögernder Herzschlag, »da wir wegen Zahlungseinstellung einiger Kunden«, Herz setzt aus, »im Augenblick nicht so flüssig sind, wie wir möchten«, völlige Verzweiflung.

Natürlich bringe ich Unglück. Wo ich hinkomm, da gibt's 'ne Pleite.

> Da kann man nichts machen.
> Wer Pech hat, fällt aus't Bette ...
>
> *Der Eiserne Gustav*

# Warum trägst du eine Nickeluhr?

Mein Vater ist Uhrmacher, mein alter Herr hat ein Uhrengeschäft, ich könnte sagen, er wühlt in Uhren, und dies nicht nur bildlich – ich aber, sein einziger Sohn, trage eine Nickeluhr, für zwei Mark fünfundachtzig, einschließlich Kette, mit einjähriger Garantie. Ich habe sie mir gekauft, und nicht bei meinem Vater.

Meine Freunde fragen mich: Warum trägst du eine Nickeluhr? Hast du es nötig?

Ich könnte antworten: Freunde, schweigt mir! Die Zeiten sind schlecht, jeder sieht, wo er bleibt. Oder ich könnte antworten: Ich will dies ausprobieren, dies Werk für zwei Mark fünfundachtzig. Wenn ich schon die Juristerei studiere, das klebt mir an, ich studiere dies Werk für meinen Vater.

Nein! Ich hasse die Notlügen. Ich sage: Ich trage diese Nickeluhr, weil mein Vater filzig, geizig, gnietschig ist. Für seinen einzigen Sohn hat er keine goldene Uhr, er handelt mit Uhren, er verschenkt sie nicht, so ist er! Das sage ich, wahrheitsgemäß.

Meine Freunde sagen: Oh! Oh! Armer Bursche, er hat einen gnietschigen Vater.

Ich aber frage Sie: Finden Sie, daß mein Vater sich richtig verhält?

Es war der große Tag; ich hatte das Abitur gemacht, das Maturum war bestanden. Da ich noch keine Kinder habe, sage ich offen: Es war mäßig bestanden, grade noch gemacht.

Habe ich erst Kinder, werde ich ihnen erzählen, ich habe es summa cum laude bestanden, ein Ministerialdirektor kam extra angereist, er schüttelte mir die Hand, Tränen der Rührung standen in seinen Augen: Junger Mann, das war das beste Abiturium, seit die Mauern des Grauen Klosters stehen ...

Nein, vorläufig war es ein mäßiges Abitur, aber mein Vater schenkte mir doch eine goldene Uhr. Sie war nicht aus seinem Laden, sie war eine Erbuhr von einem längst verstorbenen unsympathischen alten Erbonkel, der mich in meinen Kindertagen abwechselnd »Seelöwe« und »Brüllerich« tituliert hatte.

Vielleicht hatte der Mangel an Sympathie sich auf die Uhr übertragen; sie hielt es nicht aus bei mir, sie trennte sich von mir. Mein Freund Kloß hat ein Segelboot auf dem Wannsee. Wir segeln hinaus, wir baden vom Boot aus; unsere Kleider liegen auf dem Deck.

Ich habe genug geschwommen, ich will ins Boot, ziehe mich an der Bordwand hoch, das Boot legt sich schräg, sachte gleiten die Kleider ins Wasser. Kloß war zur Hand, wir erwischten alles wieder, nur meine goldene Abituruhr –

durch ihre Schwere war sie pfeilgrad in eine Tiefe von etwa achtzehn Meter entschwunden.

Mein Vater ist ein ordentlicher Mann, mein Vater ist ein exakter Mann, das ist eine Berufskrankheit bei ihm. Unmöglich, ihm zu erzählen, daß ich die Erb- und Patenonkeluhr baden geschickt hatte. Nein, wir waren im Freibad gewesen, vom Wasser aus hatten wir beobachtet, wie jemand sich an unsern Sachen zu schaffen machte. Wir stürzten hin, jener floh. Trubel, Verfolgung.

Mein Vater machte »Hmm«, er ließ die Sache eine Woche anstehen, dann schenkte er mir eine goldene Uhr aus dem Laden, Glashütter Fabrikat, flach wie eine Auster, herrlich.

Zwischen dieser Uhr und mir bestanden Sympathien, sie war die verläßlichste aller Uhren, sie ließ mich nie im Stich.

Sie hat sich nicht leicht von mir getrennt ... Es war diesmal nicht Kloß, es war Kipferling, mit dem ich einen Ausflug nach München machte. München ist eine schöne Stadt, es gibt dort vieles, was man kennenlernen muß; Kipferling und ich, jeder telegrafierte einmal nach Hause um Reisegeld für die Heimfahrt. Als wir dann zurückfahren wollten, war das Reisegeld dahingeschmolzen wie der Schnee vom vorigen Jahr.

Wir hatten nur ein Wertobjekt: meine Glashütter Uhr. Kipferling ging los mit ihr, ich beschwor ihn, er dürfe sie nur versetzen, damit ich sie von Berlin wieder einlösen konnte, nichts, er kam wieder mit der Uhr. Wenn es für Hotel und Heimfahrt reichen sollte, mußten wir uns entschließen zu verkaufen. Wir entschlossen uns.

Während dieser Heimfahrt grübelte ich immer nach einer plausiblen Geschichte, die ich meinem Vater vorsetzen konnte. Aber es war nichts los mit meiner Phantasie, es fiel mir nichts ein. Schließlich blieb ich bei meinem Diebstahl auf dem Münchener Hauptbahnhof, Gedränge, die Uhr ist weg. Plötzlich. Diese internationalen Taschendiebe ...

Mein Vater sagte etwas trocken: »Du mußt es ja wissen, mein Sohn.« Ich fand, seinem Tone fehlte es an Herzlichkeit. Ich fand, ich mußte etwas lange auf die nächste Uhr warten. Offen gestanden half ich direkt nach: zu allen Verabredungen, zum Theater – ich kam zu spät, ich murmelte etwas, keine Uhr ...

Schließlich bekam ich sie. Sie war nicht so flach, dafür hatte sie zwei Sprungdeckel, außerdem tickte sie ziemlich laut. Sie war eine pflichteifrige Kartoffel, aus purem Gold, nichts, womit Staat zu machen, aber schließlich muß man auf die Gefühle seiner Erzeuger Rücksicht nehmen, ich war zufrieden.

Also, ich gehe zum Tennisspielen, ich spiele Tennis, ich ziehe meine Sachen wieder an, was denken Sie? Wie? Ja! Meine Uhr ist weg! Meine Uhr ist gestohlen! Denken Sie sich meine Verzweiflung! Die pflichteifrigste aller Kartoffeln ist gemaust!!

Und nun stellen Sie sich vor: Was erzähle ich meinem Vater –? Bitte, ja, was erzähle ich dem alten Herrn –? Ja, bitte, bitte, bitte, sagen Sie selbst ... Diese ältere Generation ist ja derart mißtrauisch!

Also, seitdem trage ich eine Nickeluhr, für zwei Mark fünfundachtzig, mit einjährigem Garantieschein.

Ich sage allen wahrheitsgemäß, daß mein Vater gnietschig ist. Oder finden Sie etwa, daß er sich richtig verhält?

Er ist imstande, also, er glaubt mir einfach nicht, daß meine Uhr geklaut ist. Glaubt es nicht. Nun reden Sie!

> Leben war grau,
> aber in aller Buntheit
> baute er abseits an einem
> ungeheuer farbigen Strand
> das schillernde Zelt ihrer Liebe auf,
> die täglichen Dinge blieben draußen.
>
> *Länge der Leidenschaft*

# Der Ausflug ins Grüne

Der Sonnabend, dieser schicksalhafte Sonnabend, dieser dreißigste August, entsteigt strahlend mit tiefer Bläue der Nacht. Beim Kaffee hat Lämmchen noch einmal wiederholt: »Also morgen bist du bestimmt frei. Morgen fahren wir nach Maxfelde mit der Bimmelbahn.«

»Morgen hat Lauterbach Stalldienst«, erklärt Pinneberg. »Morgen fahren wir los. Das versprech ich dir.«

»Und dann nehmen wir uns ein Ruderboot und rudern über den Maxensee, die Maxe hinauf.« Sie lacht. »Gott, Junge, was für Namen? Ich denke immer noch, du nimmst mich auf den Arm!« »Tät ich gern. Aber ich muß los ins Geschäft. Tjüs, Frau!« »Tjüs, Mann!«

Dann kam Lauterbach zu Pinneberg. »Du hör mal, Pinneberg, wir haben morgen Werbemarsch und mein Gruf hat mir gesagt, ich darf bestimmt nicht fehlen. Mach du mal für mich Futterausgabe.«

»Tut mir schrecklich leid, Lauterbach, morgen kann ich unter keinen Umständen! Sonst immer gerne.«

»Tu mir doch den Gefallen, Mensch!«

»Nein, wirklich nicht. Du weißt, sonst immer gerne, aber diesmal ausgeschlossen! Vielleicht Schulz?«

»Nee, Schulz kann auch nicht. Der hat was mit 'nem Mädchen, wegen Alimente. Also sei so gut.«

»Diesmal nicht.«

»Aber du hast doch nie was vor.«

»Und diesmal habe ich eben was vor.«

»Solche Ungefälligkeit – wo du sicher nichts vorhast!«

»Diesmal doch!«

»Ich mach zwei Sonntage für dich Dienst, Pinneberg.«

»Nein, ich will gar nicht. Und nun halt den Mund davon. Ich tu's nicht.«

»Bitte, wenn du so bist. Wo es mein Gruf extra befohlen hat!« Lauterbach ist wahnsinnig beleidigt.

Damit fing es an. Damit ging es weiter.

Zwei Stunden später sind Kleinholz und Pinneberg allein auf dem Büro. Die Fliegen summen und burren schön sommerlich. Der Chef ist heftig gerötet, sicher hat er heute schon ein paar gekippt und ist darum guter Laune.

Er sagt auch ganz friedlich: »Machen Sie mal morgen Stalldienst für Lauterbach, Pinneberg. Er hat mich um Urlaub gebeten.«

Pinneberg sieht hoch: »Tut mir schrecklich leid, Herr Kleinholz. Morgen kann ich nicht. Ich hab das Lauterbach auch schon gesagt.«

»Das wird sich bei Ihnen ja verschieben lassen. Sie haben ja noch nie was Wichtiges vorgehabt.«

»Diesmal leider doch, Herr Kleinholz.«

Herr Kleinholz sieht seinen Buchhalter sehr genau an: »Hören Sie, Pinneberg, machen Sie keine Geschichten. Ich hab dem Lauterbach Urlaub gegeben, ich kann es nicht wieder ruckgängig machen.«

Pinneberg antwortet nicht.

»Sehen Sie, Pinneberg«, erklärt Emil Kleinholz den Fall ganz menschlich, »der Lauterbach ist ja 'ne doofe Nuß. Aber er ist nun mal Nazi und sein Gruppenunterführer ist der Müller Rothsprack. Mit dem möchte ich es auch nicht verderben, der hilft uns immer mal aus, wenn wir schnell was zu mahlen haben.«

»Aber ich kann wirklich nicht, Herr Kleinholz«, beteuert Pinneberg.

»Nun könnte ja mal der Schulz einspringen«, klamüsert Emil nachdenklich den Fall auseinander, »aber der kann auch nicht. Der hat morgen ein Familienbegräbnis, wo er was erben will. Da muß er hin, das sehen Sie ein, sonst nehmen die andern Verwandten sich doch alles.«

›So ein Aas!‹ denkt Pinneberg. ›Seine Weibergeschichten.‹

»Ja, Herr Kleinholz ...«, fängt er an.

Aber Kleinholz ist aufgezogen. »Und was mich angeht, Herr Pinneberg, ich würde ja gerne Dienst machen, ich bin nicht so, das wissen Sie ...«

Pinneberg bestätigt es: »Sie sind nicht so, Herr Kleinholz.«

»Aber wissen Sie, Pinneberg, morgen kann ich auch nicht. Morgen muß ich nun wirklich über Land und sehen, daß wir Kleebestellungen reinkriegen. Wir haben dies Jahr noch gar nichts verkauft.«

Er sieht Pinneberg erwartungsvoll an.

»Sonntags muß ich fahren, Pinneberg, sonntags treffe ich die Bauern zu Haus.«

Pinneberg nickt: »Und wenn der olle Kube mal das Futter rausgibt, Herr Kleinholz?«

Kleinholz ist entsetzt.

»Der olle Kube?! Dem soll ich die Bodenschlüssel in die Hand geben? Der Kube ist schon seit Vatern da, aber den Bodenschlüssel hat er noch nie in die Hand bekommen. Nee, nee, Herr Pinneberg, Sie sehen's ja jetzt ein, Sie sind der Mann an der Spritze. Sie machen morgen Dienst.«

»Aber ich kann nicht, Herr Kleinholz!«

Kleinholz ist aus allen Wolken gefallen: »Aber wo ich Ihnen eben erst auseinandergesetzt habe, Herr Pinneberg, daß keiner Zeit hat wie Sie.«

»Aber ich habe keine Zeit, Herr Kleinholz!«

»Herr Pinneberg, Sie werden doch nicht verlangen, daß ich morgen für Sie Dienst mache, bloß weil Sie Launen haben. Was haben Sie denn morgen vor?«

»Ich habe ...«, fängt Pinneberg an. »Ich muß ...«, sagt er weiter. Und ist still, denn es fällt ihm in der Eile nichts ein.

»Na also! Sehen Sie! Ich kann mir doch mein Kleegeschäft nicht verbuttern, bloß weil Sie nicht wollen, Herr Pinneberg! Seien Sie vernünftig.«

»Ich bin vernünftig, Herr Kleinholz. Aber ich kann bestimmt nicht.«

Herr Kleinholz erhebt sich, er geht rückwärts bis zur Tür und läßt kein betrübtes Auge von seinem Buchhalter. »Ich hab mich schwer in Ihnen getäuscht, Herr Pinneberg«, sagt er. »Schwer getäuscht.«

Und schrammt die Tür zu. –

Lämmchen ist natürlich völlig der Ansicht ihres Jungen.

»Wie kommst du dazu? Und überhaupt finde ich es schrecklich gemein von den andern, dich so reinzulegen. Ich an deiner Stelle hätte es dem Chef gesagt, daß der Schulz mit seinem Begräbnis gesohlt hat.«

»So was tut man doch nicht unter Kollegen, Lämmchen.«

Sie ist reuig: »Nein, natürlich nicht, du hast ganz recht. Aber dem Schulz würde ich es gründlich sagen. Ganz gründlich.«

»Tu ich auch noch, Lämmchen, tu ich noch.«

Und nun sitzen die beiden in der Kleinbahn nach Maxfelde. Der Zug ist proppenvoll, trotzdem es der Zug ist, der schon um sechs Uhr in Ducherow abfährt. Und auch Maxfelde mit dem Maxsee und der Maxe ist eine Enttäuschung. Alles ist laut und voll und staubig. Von Platz sind Tausende gekommen, ihre Autos und Zelte stehen zu Hunderten am Strand. Und an ein Ruderboot ist gar nicht zu denken, die paar Ruderboote sind längst vergeben.

Pinneberg und seine Emma sind jung verheiratet, ihr Herz dürstet nach Einsamkeit. Sie finden den Trubel schrecklich.

»Also marschieren wir los«, schlägt Pinneberg vor. »Hier gibt's ja überall Wald und Wasser und Berge …«

»Aber wohin?«

»Ist ja ganz egal. Nur weg von hier. Wir finden schon was.«

Und sie finden etwas. Zuerst ist der Waldweg noch ziemlich breit und eine ganze Menge Leute sind auf ihm unterwegs, aber dann behauptet Lämmchen, daß es hier unter den Buchen nach Pilzen riecht, und sie lockt ihn wegab und sie laufen immer tiefer in das Grüne, und plötzlich sind sie zwischen zwei Waldhängen auf einer Wiese. Sie klettern auf der anderen Seite, sich bei den Händen haltend, hinauf, und als sie oben sind, stoßen sie auf eine Schneise, die sich welteneinsam immer tiefer, hügelauf, hügelab, in den Wald hineinzieht, und schlendern so weiter.

Über ihnen stieg die Sonne, langsam und allmählich, und manchmal warf sich der Seewind, weit, weit drüben von der Ostsee her, in die Buchenkronen, dann rauschten sie herrlich auf. Der Seewind war auch in Platz gewesen, wo Lämmchen früher zu Hause war, lang, lang ist's her, und sie erzählte ihrem Jungen von der einzigen Sommerreise ihres Lebens: neun Tage in Oberbayern, vier Mädels.

Und er wurde auch gesprächig, und sprach davon, daß er immer allein gewesen sei, und daß er seine Mutter nicht möge, und sie hätte sich nie um ihn gekümmert, und er sei ihr bei ihren Liebhabern stets im Wege gewesen. Und sie habe einen schrecklichen Beruf, sie sei … Nun, es dauerte eine ganze Weile, bis er mit dem Geständnis herausrückte, daß sie eine Bardame sei.

Da wurde Lämmchen nun wieder nachdenklich und bereute fast ihren Brief, denn eine Bardame ist doch eigentlich etwas ganz anderes, trotzdem sich Lämmchen über die

Funktionen dieser Damen gar nicht recht im klaren war, denn sie war noch nie in einer Bar gewesen, und was sie bisher von solchen Damen gehört hatte, schien wieder nicht zu dem Alter von ihres Jungen Mutter zu stimmen. Und kurz und gut, sicher wäre die Anrede »Verehrte gnädige Frau« besser gewesen. Aber mit Pinneberg jetzt darüber zu sprechen, war natürlich nicht möglich.

So gingen sie eine ganze Weile schweigend Hand in Hand. Aber gerade als dies Schweigen bedenklich wurde und sie voneinander zu entfernen schien, sagte Lämmchen: »Mein Jungchen, was sind wir glücklich!« und hielt ihm den Mund hin. –

Plötzlich wurde der Wald ganz hell vor ihnen, und als sie hinaustraten in die strahlende Sonne, standen sie auf einem ungeheuren Kahlschlag. Grade gegenüber lag ein hoher sandiger Hügel. Auf seiner Spitze hantierte ein Haufe Menschen mit einem komischen Gerät herum. Plötzlich hob sich das Gerät und segelte durch die Luft.

»Ein Segelflieger!« schrie Pinneberg. »Lämmchen, ein Segelflieger!«

Er war mächtig aufgeregt und versuchte ihr zu erklären, wieso dies Ding ohne Motor immer höher und höher kam. Aber da es ihm auch nicht ganz klar war, verstand Lämmchen es erst recht nicht, aber sie sagte folgsam: »Ja« und »Natürlich«.

Dann setzten sie sich am Waldrand hin und frühstückten ausgiebig aus ihren Paketen und tranken die Thermosflasche leer. Der große, weiße, kreisende Vogel sank und stieg und ging schließlich nieder, ganz, ganz weit draußen. Die

Leute vom Hügelgipfel stürmten zu ihm, es war ein tüchtiger Weg, und als die beiden oben mit ihrem Frühstück fertig waren und Pinneberg seine Zigarette angebrannt hatte, fingen sie erst an, das Flugzeug wieder zurückzuschleppen.

»Jetzt ziehen sie ihn wieder auf den Berg«, erklärte Pinneberg.

»Aber das ist doch schrecklich umständlich! Warum fährt er nicht selbst?«

»Weil er keinen Motor hat, Lämmchen, er ist doch ein Segelflieger!«

»Haben die kein Geld, sich einen Motor zu kaufen? Ist ein Motor so teuer? Ich finde es schrecklich umständlich.«

»Aber Lämmchen ...«, und er wollte wieder erklären.

Aber Lämmchen lehnte sich plötzlich ganz fest in seinen Arm und sagte: »Ach, es ist schrecklich gut, daß wir uns haben, was, Jungchen?«

In diesem Augenblick geschah es:

Auf dem Sandwege, der am Waldrand entlang führte, war leise und sacht wie auf Filzlatschen ein Automobil herangeschlichen, und als die beiden es merkten und verlegen auseinanderfuhren, war das Auto beinahe auf ihrer Höhe. Trotzdem sie nun eigentlich die Gesichter der Autoinsassen im Profil hätten sehen müssen, waren ihnen die Gesichter alle voll und ganz zugekehrt. Und es waren erstaunte Gesichter, strenge Gesichter, entrüstete Gesichter.

Lämmchen verstand nichts, sie fand, daß diese Leute doch schon gar zu blöde blickten, als hätten sie noch nie ein küssend Paar gesehen, und sie verstand vor allem ihren Jungen nicht, der, Unverständliches murmelnd, aufsprang und eine tiefe Verbeugung gegen das Auto machte.

Aber dort gingen, wie auf geheimes Kommando, alle Gesichter, plötzlich ins Profil, niemand nahm von der herrlichen Verbeugung Pinnebergs Notiz, nur das Auto tat mit seiner Hupe einen grellen Schrei, fuhr rascher, tauchte zwischen Bäume und Gebüsch, noch einmal sahen sie ein Stück der roten Lackierung aufleuchten und vorbei. Vorbei.

Der Junge aber stand da, leichenblaß, die Hände in den Taschen, und murmelte: »Wir sind erschossen, Lämmchen. Morgen schmeißt er mich raus.«

»Wer denn? Wer?«

»Na, Kleinholz doch! Ach Gott, du weißt es ja noch gar nicht. Das waren Kleinholzens.«

»Ach Gott!« sagte Lämmchen auch und tat einen ganz tiefen Atemzug. »Das nenne ich nun freilich Malesche.«

Und dann nahm sie ihren großen Jungen in den Arm und tröstete ihn, so gut es eben ging.

> Es ist den Idealisten nicht leicht gemacht,
> auf dieser Erde ihrem
> Ideal gemäß zu leben.
>
> *Der Eiserne Gustav*

## Das Wettrennen

Der alte Hackendahl hatte es sich mit seinen sechsundfünfzig Jahren nie nehmen lassen, Tag für Tag, Sommer und Winter, bei Schnee und Sonnenschein, noch selbst auf den Bock seiner Droschke zu steigen. Freilich, jeden Beliebigen fuhr er nicht, das hatte er nicht nötig. Aber die Stammkundschaft fuhr er, die Herren, die sich Tag für Tag nur vom alten Hackendahl auf ihr Büro, in ihre Bank, zum Ordinationszimmer fahren lassen wollten.

»Denn so wie Sie, fährt eben doch keiner, Hackendahl! Immer pünktlich auf die Minute, und dann im schlanken Trabe durch, und dabei kein Gejachter mit Peitschengeknall und Gejohle, und vor allem nie Streit mit diesen neumodischen Automobilen!«

»I wo denn, Herr Kammergerichtsrat! Zu was denn Streit? Mit solchen Benzinstinkern mache ich mich nicht gemein, Herr Kammergerichtsrat! Das sind doch alles bloß Todeskandidaten, und in zehn Jahren weiß kein Mensch mehr was von ihren Töfftöffs. Da ist die Mode vorbei. Die jagen, Herr Kammergerichtsrat, aber bloß, daß sie schneller in die Grube jagen ...«

So sprach Hackendahl mit seiner Stammkundschaft, und wie er sprach, so dachte er auch. Wenn er die Autos nicht ausstehen konnte, so nur, weil sie ihm seine guten Pferde nervös machten mit ihrer Huperei und Stinkerei und Raserei ... Sein braver Schimmel konnte ganz von Sinnen werden über die klapprigen Blechdinger, das Gebiß zwischen die Zähne nehmen und ab – in voller Karriere und Bauch auf die Erde. Und das liebte nun wieder Hackendahls Alte-Herren-Fahrkundschaft nicht.

Als Hackendahl an diesem Vormittag in die Bendlerstraße kam und bei der Villa des Geheimen Sanitätsrats Buchbinder vorfuhr, war er darum auch gar nicht erfreut, daß da solch Automobil vor der Türe stand. Der Schimmel stutzte. Und bockte und wollte gar nicht heran an den Kantstein: Hackendahl mußte wahrhaftig runter vom Bock und den Zossen beim Kopf nehmen.

Der neben seinem Wagen wartende Chauffeur grinste natürlich höhnisch. »Na, wat is'n mit deinem Hafermotor, Jenosse?« fragte er. »Hat wohl Fehlzündung? Soll ick ihm ein bißken mit'm Schraubenschlüssel den Auspuff regulieren?«

Natürlich antwortete Hackendahl auf solche Anpflaumerei kein Wort. Er stieg wieder auf den Bock, nahm die Zügel schulgerecht in die eine, die Peitsche in die andere Hand, wobei er den Peitschenknauf aufs Knie stützte, und sah nun ganz so vornehm hochherrschaftlich aus wie sein Kollege aus dem Kaiserlichen Marstall.

Der Chauffeur beäugte ihn kritisch. »Fein«, sagte er dann. »Fein mit Ei. Noch zehn Jahre, Jenosse, und se holen dir mit Bürjermeister und weißer Ehrenjungfrau als letzte Pferdedroschke erster Jüte durchs Brandenburger Tor ein. Und denn stopfen se dir aus und stellen dir ins Märkische Museum, nee, in de Naturjeschichte in der Invalidenstraße – da stellen se dir gleich neben den jroßen Menschenaffen aus'm Urwald ...«

Der langsam über dieser echt berlinischen Pöbelei blaurot anlaufende Hackendahl hätte nun doch wohl sehr kräftig seine Meinung über Menschenaffen gesagt, aber aus der Villa kam der Geheime Sanitätsrat Buchbinder, mit einem jungen Mann. Vorschriftsmäßig, die Augen stramm geradeaus gerichtet, tippte Hackendahl mit der Peitsche zum Gruß gegen seinen Lackzylinder. Der Chauffeur natürlich lümmelte sich nur langsam an seine Wagentür und sagte bloß: »Mojen!«

»Guten Morgen, Hackendahl!« rief der Geheimrat vergnügt. »Hören Sie, Hackendahl, das hier ist mein Sohn, auch schon Mediziner, und der will nun ...«

»Weiß ich doch, Herr Geheimrat!« sagte Hackendahl vorwurfsvoll. »Habe ich doch gleich gesehen. Ich habe doch den Herrn Sohn Ostern sieben zum Anhalter gefahren, zum Münchener Schnellzug, sechs Uhr elf, wissen Sie nicht noch, junger Herr ...?«

»Richtig!« rief der Sanitätsrat. »Ja, mein Hackendahl, der hat noch ein Gedächtnis! – Aber, Hackendahl, nun ist mein Sohn ein Mann geworden, nun will er nicht mehr mit Ihnen fahren. Ein Auto hat er sich gekauft (von meinem Gelde, Hackendahl!) ... und nun will er nur noch Auto fahren ...«

»Er wird's schon bleibenlassen, Herr Geheimrat«, sagte Hackendahl und sah mißgünstig Auto und frech grinsenden Chauffeur an. »Wenn er erst mal gegen einen Baum gefahren ist oder ein paar Menschen unglücklich gemacht hat, dann wird er's schon bleibenlassen!«

»Also, Papa«, sagte der junge Mann ungeduldig und ignorierte das subalterne Kutschergeschwätz vollkommen, »steig ein, und in vier Minuten hältst du vor deiner Charité.«

»Ja, mein Junge, das sagst du so. Aber ich muß in einer halben Stunde operieren, und wenn ich dann Herzklopfen von eurer Raserei habe, oder meine Hand zittert ...«

»Papa! Mein Ehrenwort! Du fährst wie in einer Wiege, du merkst überhaupt nichts von Schnelligkeit. Wenn chirurgisch etwas Neues aufkommt, versuchst du es doch auch ...«

»Ich weiß nicht«, sagte der alte Herr bedenklich. »Was meinen Sie, Hackendahl?«

»Wie der Herr Geheimrat befehlen«, sagte Hackendahl förmlich. »Aber wenn ich etwas sagen darf, in acht Minuten sind Sie auch mit mir in der Charité – und bei mir passiert nichts, bei mir ist noch nie was passiert!«

»Ja, Papa, wenn du dich freilich über Autos von deinem Droschkenkutscher beraten lassen willst ...«

Viel Kummer und Ärger hatte der alte Hackendahl an diesem Morgen schlucken müssen, aber Droschkenkutscher, das war ihm doch fast zuviel. Gottlob sagte auch gleich der Geheimrat: »Du weißt gut, mein lieber Junge, daß Hackendahl kein Droschkenkutscher ist. Und nun will ich dir etwas sagen: Ich werde mit Hackendahl fahren, und du wirst mit deinem Automobil fahren, ganz ruhig nebenher, und ich werde mir vom sicheren Port dein Schifflein anschauen, und ist es mir nicht zu stürmisch, dann darfst du mich von der Charité nach Haus fahren.«

Geheimer Sanitätsrat Buchbinder hatte milde, aber entschlossen gesprochen. Der Sohn antwortete etwas ärgerlich: »Wie du meinst, Papa«, und wandte sich zu seinem Auto.

Der alte Herr aber stieg in Hackendahls Droschke, legte die leichte Staubdecke über die Knie, rückte behaglich zurecht und sagte: »Also, dann fahren Sie langsam los, Hackendahl. Er wird uns ja mit seinen zwanzig oder vierzig Pferdekräften doch gleich einholen!«

Es war gut, daß Hackendahl solche Weisung bekam; der Schimmel war schon längst empört gewesen über das Schreckgespenst, das direkt vor ihm hielt. Gerade hatte der Chauffeur angefangen, an der Kurbel zu drehen, aus dem Auspuffrohr unter des Schimmels Nase kamen kleine, dicke, stinkende, blaue Wölkchen …

»Sachte, Hackendahl, sachte!« schrie der Geheimrat, den es fast vom Sitz geschleudert hatte. »Fahren Sie langsam! – Sie sollen langsam fahren, Hackendahl, ich will keine Wettfahrt …!«

Hackendahl wollte auch keine, es war nur schade, daß man dies dem Schimmel nicht begreiflich machen konnte. Das aufgeregte Tier raste die Bendlerstraße im Galopp hinunter, bog so scharf in die Tiergartenstraße ein, daß die Räder gegen die Bordkante schrammten, und ging nun, ein wenig ruhiger, aber immer noch ins Gebiß schäumend, an den grünen Rasenflächen entlang.

»Ich glaube, Sie sind des Teufels, Hackendahl!« stöhnte der Geheimrat von hinten.

»Das ist der Schimmel«, rief Hackendahl. »Der haßt Automobile.«

»Ich dachte, Sie führen nur sanfte Tiere?«

»Tu ich auch, Herr Geheimrat! Aber wenn solch ein Ding ihm direkt in die Nase stinkt und knallt!«

»Also immer langsam, keinesfalls eine Wettfahrt«, befahl der Geheimrat.

Gottlob war keine Aussicht auf Wettfahrten. Hackendahl fuhr schon um den Rolandsbrunnen, er sah sich vorsichtig um: Von dem Automobil war keine Spur zu sehen.

Kriegt den Kasten natürlich nicht in Gang! frohlockte Hackendahl bei sich. Der Geheimrat soll schon sehen, was zuverlässiger ist, ein anständiges Pferd oder solche Maschine, die immer gerade dann streikt, wenn sie am nötigsten gebraucht wird! Und er grinste, da er an den kurbelnden Chauffeur dachte.

In gutem Trab fuhren sie die Siegesallee entlang, freundlich standen die weißen Puppen im Grünen, viele sommerlich gekleidete Menschen waren unterwegs.

»Menge Leute unterwegs!« rief der Geheimrat.

»Das macht das gute Wetter«, antwortete Hackendahl.

»Und die Aufregung! Haben Sie auch schon von dem Mord in Serajevo gelesen, Hackendahl?«

»Jawohl, Herr Geheimrat. Glauben Sie, daß es Krieg gibt?«

»Krieg – wegen der Serben? Nie, Hackendahl! Sie sollen mal sehen, wie die kuschen! Wegen so was gibt es doch keinen Krieg!«

Noch in weiter Ferne tönte die Autohupe. Hackendahl hörte es, der Schimmel hatte es auch gehört, er spitzte kriegerisch die Ohren.

Hackendahl nahm die Zügel fester. »Ich glaube, da kommt Ihr Herr Sohn, Herr Geheimrat!« rief er nach hinten.

»Hat er also doch noch seinen Kasten in Gang gekriegt. Aber keine Wettfahrerei, wenn ich bitten darf, Hackendahl!«

Näher und näher tönte die Hupe, fast ununterbrochen klang ihr Schrei, Warnung und Alarm für alle Pferdeherzen. Für den Schimmel war es nur Alarm, er trabte straffer, warf den Kopf ungeduldig von rechts nach links, von unten nach oben ...

Direkt hinter ihm ging der Gummiball: tut, tut, langsam schob sich der grüne Kasten neben die Droschke, erreichte den Kutschersitz, die Hinterhand des Pferdes, den Kopf ...

Der Schimmel machte einen Satz in der Schere, dann schien die Droschke einen Augenblick stillzustehen, und nun raste der Gaul los ...

»Sie sollen nicht ...«, klang von hinten die Stimme des Geheimrates.

Das Automobil hielt sich genau neben dem Pferde, knatternd, hupend und stinkend. Obwohl Hackendahl immer nur starr geradeaus sah, immer über die Ohren des Pferdes weg, die Zügel fest in der Hand, nach allen Hindernissen ausspähend – trotzdem meinte Hackendahl das höhnische Gesicht des Chauffeurs zu sehen, dieses Verbrechers, der ihn »Genosse« angeredet hatte und der ihn ausstopfen lassen wollte! Kein Zeichen von Schwäche sollte dieser Bursche sehen – weiter, und dem Schimmel würde es schon leid werden!

Schon war die Siegessäule glücklich umrundet, da zeigte sich eine neue Gefahr in der Gestalt eines pickelhelmigen Schutzmannes. Die wilde Jagd, das galoppierende Pferd hatten seinen Unwillen erregt, in der einen Hand ein dickes Notizbuch, die andere hoch erhoben, trat er auf die Fahrbahn, Einhalt gebietend solch verkehrswidrigem Tun.

Er hatte gut gebieten, Hackendahl gehorchte jeder Obrigkeit, der Schimmel gehorchte nur dem Instinkt der Pferde, er raste weiter.

Der Schutzmann machte einen ganz unmilitärischen Schrecksatz zurück – und alles war vorüber. Weiterrasend wußte Hackendahl, er wurde aufgeschrieben, er bekam eine Strafe – er war vorbestraft!

Mit einem verzweifelten Ruck riß er den Kopf des Pferdes nach rechts in die stille Hindersinstraße, das überlistete Automobil schoß geradeaus weiter, der Schimmel machte noch zehn, fünfzehn Galoppsprünge, fiel in Trab, in Schritt ...

Hackendahl merkte, daß ihn der Geheimrat von hinten am Arm riß. »Sie sollen anhalten, Kerl! Verstehen Sie nicht?!« schrie der Alte, kirschrot vor Wut.

Hackendahl hielt an.

»Verzeihen Sie, Herr Geheimrat«, rief er aus. »Der Schimmel ist mir durchgegangen. Das Automobil hat ihn wild gemacht, der Chauffeur hat das mit Absicht getan!«

»Wettraserei!« sagte der alte Herr noch immer zitternd. »Alte Leute, und Wettfahrten!« Er stieg aus, mit zitternden Knien. »Wir sind das letzte Mal zusammen gefahren, Hackendahl. Schicken Sie mir Ihre Rechnung. Schämen sollten Sie sich!«

»Aber ich kann nicht dafür! Nicht das frömmste Pferd hielte das aus!«

Ein Hupenschrei erscholl. Von vorn kam das Automobil, das triumphierende Scheusal aus Lack und Eisen, das den Häuserblock umrundet hatte. Der abgekämpfte Schimmel stand mit hängendem Kopf, er rührte sich nicht, selbst als das Auto neben ihm hielt.

»Sie sagen, das Pferd!« rief der Geheimrat. »Aber das Pferd steht doch! Nein, Sie haben um die Wette rasen wollen, Hackendahl, nur Sie …«

Hackendahl sagte nichts mehr, mit trübem Blick, mit gesenktem Kopf sah er den Geheimrat zu dem lächelnden Sohn in das Auto steigen. Schwer war zu tragen, was alles Gott einem rechtlichen Manne auferlegte!

> Spaß muß sin bei der Leiche, ...
> sonst kommt keener mit.
>
> *Ein Mann will nach oben*

# Eine ganz verrückte Geschichte

An diesem Nachmittag hatte der Empfangschef des Hotels, Oberleutnant a. D. von Studmann, ein recht unangenehmes Erlebnis. Etwa um drei Uhr nachmittags, zu einer Zeit, da keine Reisenden von den Zügen kamen, war in der Eingangshalle ein ziemlich großer, kräftig gebauter Herr erschienen, tadellos in englische Stoffe gekleidet, ein Schweinslederköfferchen in der Hand.

Einbettiges Zimmer mit Bad ohne Telefon im ersten Stock, hatte der Herr verlangt. Ihm wurde gesagt, daß alle Zimmer des Hotels Telefon hätten. Der Herr, ein Dreißiger etwa, mit scharf geschnittenem, aber gelblich blassem Gesicht, konnte außerordentlich Schrecken erregend mit diesem seinem Gesicht zucken. Das tat er jetzt und verbreitete solchen Schrecken, daß der Portier zurückfuhr.

Studmann trat näher. Wenn es gewünscht würde, könne das Telefon natürlich aus dem Zimmer entfernt werden. Immerhin ...

Es wird gewünscht! schrie der Fremde plötzlich unvermittelt. Und ohne Übergang verlangte er ganz friedlich, daß auch die Klingelknöpfe auf seinem Zimmer außer Tätigkeit gesetzt würden. Ich wünsche all diese moderne Technik nicht, hatte er stirnrunzelnd gesagt.

Von Studmann hatte sich schweigend verbeugt. Er wartete darauf, daß als nächstes die Entfernung des elektrischen Lichtes verlangt werden würde, aber entweder rechnete der Herr elektrisches Licht nicht zur modernen Technik, oder er hatte diesen Punkt vergessen. Er stieg murmelnd die Treppe hinauf, einen Boy mit dem Schweinslederköfferchen hinter, den Zimmerkellner mit dem Meldeblock vor sich.

Von Studmann war nun lange genug Empfangschef in einer Großstadt-Karawanserei, um sich noch allzusehr über Wünsche von Gästen zu wundern. Von der alleinreisenden Südamerikanerin an, die schreiend ein Zimmerklosett für ihr Äffchen verlangt hatte, bis zu dem soignierten älteren Herrn, der nachts um zwei Uhr im Pyjama auftauchte und flüsternd sofort – aber bitte sofort! – die Besorgung einer Dame aufs Zimmer verlangt hatte – (Stellen Sie sich bloß nicht so an! Wir sind doch alle Männer!) –, fast nichts konnte noch die Gelassenheit Studmanns verwirren.

Trotzdem war etwas an diesem neuen Gast, das ihn zur Vorsicht mahnte. Im Durchschnitt werden Hotels vom Durchschnitt besucht, und der Durchschnitt liest lieber Skandale in der Zeitung, als daß er sie miterlebt. Irgend etwas in des Empfangschefs Brust warnte ihn. Nicht so sehr die albernen Wünsche, eher schon das Fratzenschneiden, das plötzliche Schreien, der unruhige, bald freche, bald gehetzte Blick in den Augen des Gastes hatten ihn gestört.

Immerhin waren die Rapporte, die von Studmann binnen kurzem empfing, befriedigend. Der Boy hatte einen ganzen amerikanischen Papierdollar Trinkgeld bekommen, die Geldtasche des Gastes war außerordentlich gut gefüllt gewesen. Der Zimmerkellner brachte den Meldeschein. Der Herr hatte sich als ›Reichsfreiherr Baron von Bergen‹ eingetragen.

Der vorsichtige Kellner Süskind hatte sich auch noch den Reisepaß des Fremden vorlegen lassen, wozu er nach einer Bestimmung des Polizeipräsidenten berechtigt war. Der Paß – ein Inlandspaß, ausgestellt von der Amtshauptmannschaft in Wurzen – war zweifelsohne in Ordnung gewesen. Der sofort zu Rate gezogene Gotha erwies, daß es Reichsfreiherren von Bergen tatsächlich gab, sie waren in Sachsen ansässig.

Also alles in Ordnung, Süskind, sagte von Studmann und klappte den Gotha wieder zu.

Süskind wiegte unsicher den Kopf. Ich weiß nicht, meinte er. Komisch ist der Herr.

Wieso komisch? Hochstapler? Wenn er zahlt, kann es *uns* egal sein, Süskind.

Hochstapler? Kein Gedanke! Aber ich glaube, der spinnt.

Spinnt –? fragte von Studmann, ärgerlich, daß auch Süskind denselben Eindruck wie er selbst hatte. Unsinn, Süskind! Vielleicht ein bißchen nervös. Oder angetrunken.

Nervös? Angetrunken? Kein Gedanke! Der spinnt …

Aber wieso denn, Süskind? Hat er sich denn oben irgendwie komisch benommen –

Gar nicht! gab Süskind bereitwillig zu. Das bißchen Gesichterschneiden und Faxenmachen will gar nichts sagen. Manche denken doch, sie imponieren uns mit so was.

Also –?

Man hat es so im Gefühl, Herr Direktor. Wie vor einem halben Jahr sich der Trikotageonkel auf 43 aufhängte, hab ich's auch im Gefühl gehabt …

Um Gottes willen, Süskind! Malen Sie bloß nicht den Teufel an die Wand! – Na, ich muß jetzt weiter. Halten Sie mich auf dem laufenden und haben Sie immer ein Auge auf den Herrn …

Von Studmann hatte einen sehr anstrengenden Nachmittag. Der neue Dollarkurs hatte nicht nur eine Neuauszeichnung aller Preise notwendig gemacht, nein, der ganze Etat mußte neu kalkuliert werden. Studmann saß wie auf Kohlen im Sitzungszimmer der Direktion. Unendlich umständlich setzte Generaldirektor Vogel auseinander, daß man erwägen müsse, ob nicht, vorsorglich weiterer Dollarsteigerungen, ein gewisser Aufschlag auf den jetzigen Kurs kalkuliert werden müsse, um sich nicht ›auspowern‹ zu lassen.

Wir müssen die Substanz erhalten, meine Herren! Die Substanz! Und er setzte auseinander, daß beispielsweise unser Vorrat an Alabaster-Schmierseife im letzten Jahre von 17 auf einen halben Zentner gesunken sei.

Trotz der mißbilligenden Blicke seines Vorgesetzten rannte Studmann immer wieder in die Halle hinaus. Nach der vierten Stunde hatte der Strom der Reisenden sehr kräftig eingesetzt, im Empfang hatten alle Angestellten fieberhaft zu tun, und der Strom der Ankommenden staute sich gegen die, die plötzlich den Entschluß, abzureisen, gefaßt hatten.

Flüchtig nur nickte Studmann mit dem Kopf, als Süskind ihm zuflüsterte, der Herr auf 37 habe ein Bad genommen, sich dann ins Bett gelegt und eine Flasche Cognac und eine Flasche Sekt kommen lassen.

›Also doch ein Trinker‹, dachte er gehetzt. ›Wenn er zu randalieren anfängt, schicke ich ihm den Hotelarzt und lasse ihm ein Schlafmittel geben.‹

Und er eilte weiter.

Studmann kam grade wieder aus dem Sitzungszimmer, wo Generaldirektor Vogel jetzt dabei war, auseinanderzusetzen, daß Kalkeier der Ruin des Hotelgewerbes seien. – Immerhin sei unter den heutigen Umständen zu erwägen, ob nicht ein gewisser Vorrat ... da die Zufuhren an Frischeiern ... und da leider auch die Kühlhauseier ...

›Idiot!‹ dachte von Studmann im Wegstürzen. Und verwundert: ›Wieso bin ich eigentlich so gereizt? Ich kenne diese Nölerei doch schon seit ewig ... Das Gewitter muß mir in den Knochen sitzen ...‹

Der Zimmerkellner Süskind hielt ihn an. Jetzt geht es los, Herr Direktor, sagte er mit gramverzerrtem Gesicht über der schwarzen Frackbinde.

Was geht los? Sagen Sie schnell, was Sie wollen, Süskind. Ich habe keine Zeit.

Aber der Herr von 37 doch, Herr Direktor! sagte Süskind vorwurfsvoll. Er sagt, es ist eine Schnecke im Sekt!

Eine Schnecke –? Von Studmann mußte lachen. Unsinn, Süskind, lassen Sie sich doch nicht durch den Kakao ziehen! Wie sollen Schnecken in den Sekt kommen?! Habe noch nie so was gehört.

Aber es ist eine drin, beharrte Süskind kummervoll. Ich habe sie mit meinen eigenen Augen gesehen. Eine große schwarze Nacktschnecke ...

Sie haben –? Plötzlich war Studmann ernst geworden, er überlegte. Es war völlig unmöglich, daß in dem Sekt seines Hauses Schnecken waren! Hier verkaufte man keinen gemanschten Schiebersekt! So hat er sie reingesteckt, um uns einen Possen zu spielen, entschied er. Bringen Sie ihm unberechnet eine andere Flasche. Hier – für den Kellermeister.

Er schrieb mit fliegender Hand den Bon aus.

Und passen Sie gut auf, Süskind. Daß er den Spaß nicht noch einmal macht!

Süskind wiegte ganz gebrochen den Kopf. Wollen Sie nicht doch lieber einmal selbst zu ihm gehen? Ich fürchte ...

Unsinn, Süskind. Ich habe keine Zeit für solche Späße. Wenn Sie das nicht selbst in Ordnung bringen können, nehmen Sie sich den Kellermeister mit als Zeugen oder wen Sie wollen ...

Studmann rannte schon. In der Halle schrie der bekannte Eisenmagnat Brachwede, er habe die Zimmer für zehn Millionen täglich gemietet, und hier auf der Rechnung stünden fünfzehn ... Er hatte den Magnaten über das zu unterrichten, was er längst wußte, nämlich über den gestiegenen Dollar, er hatte hier zuzureden, dort zu lächeln, einem Boy einen zornigen Wink zu geben, er solle etwas besser aufpassen, den Transport einer gelähmten Dame in den Fahrstuhl zu überwachen, drei Telefonanrufe abzuweisen ...

Als der betrübte Süskind schon wieder hinter ihm stand.

Herr Direktor! Ach bitte, Herr Direktor! flüsterte er, ein wahres auf die Nerven gehendes Bühnen-Intriganten-Geflüster alten Stils.

Was ist denn nun schon wieder los, Süskind?!

Der Herr auf 37, Herr Direktor ...

Was denn? Was denn?! Noch 'ne Schnecke im Sekt?

Herr Tuchmann (dies war der Kellermeister) machte eben die elfte Flasche auf – in allen sind Schnecken!

In allen! schrie von Studmann förmlich. Und leiser, als er die Blicke der Gäste auf sich fühlte: Sind Sie denn nun auch verrückt geworden, Süskind?

Süskind nickte traurig. Der Herr schreit. Schwarze Nacktschnecken verbittet er sich, schreit er ...

Los! schrie Studmann und raste schon die Treppe zum ersten Stock hinauf, ganz ohne Rücksicht auf die würdige Haltung, die der Empfangschef und Subdirektor eines so vornehmen Betriebes in *jeder* Lage zu bewahren hat. Der kummervolle Süskind raste hinterdrein.

Sie spritzten durch die verblüfften Gäste – und es verbreitete sich sofort das Gerücht, unkontrollierbar woher: die Koloratursängerin Contessa Vagenza, die heute abend in den Kammersälen auftreten sollte, habe soeben entbunden.

Sie kamen gleichzeitig vor Nummer 37 an. Angesichts der erhaltenen Berichte meinte von Studmann, auf alle zeitraubenden Höflichkeiten verzichten zu können. Er klopfte nur kurz und trat ein, ohne das Herein abzuwarten. Ihm folgte auf dem Fuß der Kellner Süskind, der sorgfältig die gepolsterte Doppeltür schloß, um den Lärm der etwa kommenden Auseinandersetzung den andern Gästen fernzuhalten.

In dem recht großen Zimmer brannte das elektrische Licht. Die Vorhänge der beiden Fenster waren dicht geschlossen. Ebenso war die Tür zu dem anstoßenden Badezimmer geschlossen – wie sich bald herausstellen sollte, war sie auch verschlossen. Der Schlüssel war abgezogen.

In dem breiten, ganz modernen Metallbett aus Chromstahl lag der Gast. Das Gelb seines Gesichtes, das Studmann schon in der Halle aufgefallen war, sah noch krankhafter gegen die weißen Kissen aus. Dazu trug der Gast einen purpurroten Pyjama aus einem scheinbar sehr kostbaren Brokatstoff – die gelben, dicken Stickereien dieses Pyjamas sahen fahl aus gegen das gallige Gesicht. Eine Hand, eine kräftige Hand mit einem auffallend schönen Siegelring, hielt der Gast offen auf der blauseidenen Steppdecke. Die andere lag unter der Decke.

All dies sah Studmann mit einem Blick, er sah auch den an das Bett geschobenen Tisch, die Unzahl der darauf stehenden Cognac- und Sektflaschen verblüffte ihn. Es mußte viel mehr heraufgeschafft worden sein als die von Süskind erwähnten elf Flaschen.

Ärgerlich stellte von Studmann zugleich fest, daß der überängstliche Süskind sich nicht mit der Zeugenschaft des Kellermeisters begnügt hatte, auch ein Page, das Zimmermädchen, ein Liftboy und irgendein graues, weibliches Wesen, das vermutlich aushilfsweise mit Zimmerreinigen beschäftigt gewesen war, standen in der Nähe des Tisches, eine kleine, sehr ängstliche und verlegene Gruppe.

Einen Augenblick lang überlegte Studmann, ob er erst einmal diese Zeugen eines etwaigen Skandals vor die Tür setzen sollte, aber ein Blick auf das schrecklich zuckende Gesicht des Gastes belehrte ihn, daß Eile am Platz war. So trat er denn mit einer Verbeugung an das Bett, nannte seinen Namen und blieb abwartend stehen.

Sofort lag das Gesicht des Herrn ruhig. Nicht angenehm! näselte er in jenem arroganten Leutnantston, den von Studmann längst ausgestorben geglaubt hatte. Außergewöhnlich unangenehm für – Sie! Schnecken im Sekt – irrsinnige Schweinerei!

Ich sehe keine Schnecken, sagte von Studmann mit einem kurzen Blick auf Sektkelche und Flaschen. Was ihn zutiefst beunruhigte, war nicht diese alberne Reklamation, sondern der Blick grenzenlosen Hasses aus den dunklen Augen des Gastes, diesen Augen, die frech und zugleich feige waren, Augen, wie sie Studmann noch nie gesehen hatte.

Sie *sind* aber drin! schrie der Gast so plötzlich, daß jeder zusammenfuhr. Er saß jetzt im Bett, eine Hand in die Steppdecke gekrallt, eine andere unter der Decke.

›Achtung! Achtung!‹ sagte von Studmann zu sich. ›Der hat was vor!‹

Alle haben die Schnecken gesehen. Nehmen Sie die Flasche, nein, die!

Gleichgültig nahm Studmann die Flasche in die Hand, hielt sie gegen das Licht. Er war vollkommen davon überzeugt, daß der Sekt ganz in Ordnung war – und daß der Gast das ebensogut wie er wußte. Mit irgendeinem Trick hatte er die einfältigen Gemüter von Kellner und Kellermeister überrumpelt – aus einer Absicht heraus, die Studmann jetzt noch nicht wußte, wohl aber rasch erfahren würde.

Achtung, Herr Direktor! rief da schon der Zimmerkellner Süskind – und Studmann fuhr herum. Aber es war schon zu spät. In die Betrachtung der Flasche vertieft, hatte Studmann den Gast aus den Augen gelassen. Unfaßbar leise war der aus dem Bett und zur Tür geglitten, hatte abgeschlossen – und nun stand er dort, in der einen Hand den Schlüssel, in der andern erhobenen eine Pistole.

Von Studmann war manches Jahr im Felde gewesen, eine auf ihn gerichtete Schußwaffe konnte ihn nicht sonderlich aus der Ruhe bringen. Was ihn erschreckte, war der Ausdruck von Haß und trostloser Verzweiflung, der auf dem Gesicht des geheimnisvollen Fremden lag. Dabei war dies Gesicht jetzt ganz ruhig, nichts mehr von Grimassen, eher ein Lächeln, ein sehr höhnisches Lächeln allerdings.

Was soll das? fragte Studmann kurz.

Das soll heißen, sagte der Gast leise, aber sehr deutlich, daß die Stube jetzt auf mein Kommando hört. Wer nicht pariert, wird erschossen.

Haben Sie Absichten auf unser Geld? Die Beute wird sich kaum lohnen. Sind Sie nicht der Baron von Bergen?

Kellner! sagte der Fremde. Prächtig stand er da, in seinem purpurnen, mit Gelb gestickten Pyjama, zu prächtig für das gelbe, kranke Gesicht darüber. Kellner, schenken Sie jetzt in sieben Sektkelche Cognac. – Ich zähle bis drei, wer dann nicht ausgetrunken hat, bekommt einen Schuß. – Nun, wird es?!

Mit einem hilfeflehenden Blick auf Herrn von Studmann hatte sich Süskind an das befohlene Einschenken gemacht.

Was sollen diese Scherze? fragte von Studmann unwillig.

Sie sollen trinken! sagte der gastgebende Gast. Eins – zwei – drei –! Trinkt!! Wird es wohl?! Ihr sollt trinken!

Jetzt schrie er doch wieder.

Die andern sahen auf Studmann – Studmann zögerte ...

Der Fremde schrie noch einmal: Trinkt! Austrinken! Und schoß. Nicht nur die Frauen schrien. Allein hätte von Studmann den Kampf mit dem Mann gewagt, aber die Rücksicht auf die fassungslosen Leute im Zimmer, der Ruf des Hotels befahlen ihm Zurückhaltung.

Er wandte sich um, sagte ruhig: Also trinkt! lächelte ermutigend in die ängstlichen Gesichter und trank selbst.

Es waren mehrere sehr große Schlucke Cognac in dem Sektglas, Studmann bezwang sie rasch, aber hinter sich hörte er die andern, wie sie sich verschluckten und prusteten.

Es muß ausgetrunken werden, sagte der Fremde zänkisch. Wer nicht austrinkt, wird erschossen.

Von Studmann durfte sich nicht umdrehen, er mußte den Gast im Auge behalten; immer noch hoffte er, daß der Gast einen Augenblick nicht aufpassen und ihm so das Wegnehmen der Waffe ermöglichen würde.

Sie haben in die Decke geschossen, sagte er höflich. Ich danke Ihnen für die Rücksichtnahme. Darf ich jetzt erfahren, warum wir uns hier betrinken sollen?

Es liegt mir nichts daran, Sie zu erschießen, wenn es mir auch nicht darauf ankommt. Es liegt mir daran, daß Sie sich betrinken. Keiner verläßt diesen Raum lebend, ehe nicht jeder Tropfen Alkohol ausgetrunken ist. – Kellner, gießen Sie jetzt Sekt ein.

Eben, sagte von Studmann, dem daran lag, ein Gespräch in Gang zu halten. Das hatte ich schon verstanden. Es würde mich nun interessieren, warum wir uns betrinken sollen.

Weil ich meinen Spaß haben will. – Jetzt trinkt.

Eine Hand hatte von Studmann von hinten einen Sektkelch in seine Hand geschoben, er trank. Dann sagte er: Weil es Ihnen Spaß macht also. Und möglichst gleichgültig: Ich vermute, Sie wissen, daß Sie geisteskrank sind?

Ich bin, sagte der andere ebenso gleichmütig, bereits seit sechs Jahren entmündigt und in einer Klappskiste untergebracht. – Kellner, jetzt wieder, sagen wir, eine Schale Cognac. Erklärend: Ich will nicht zu hastig vorgehen, das Vergnügen soll länger dauern. Und wieder gleichmütig berichtend: Ich konnte das Schießen im Felde nicht vertragen, alle schossen immer nur auf mich. Seitdem schieße ich allein. – Trinkt!

Von Studmann trank. Er fühlte, wie der Alkohol vorerst wie ein feiner Nebel wolkig in seinem Hirn aufstieg. Aus dem Augenwinkel sah er, ohne den Kopf zu drehen, am andern Zimmerende den Kellner Süskind auftauchen und zu der Badezimmertür schleichen. Aber auch der Baron hatte ihn gesehen. Leider abgeschlossen, sagte er lächelnd, und Süskind verschwand wieder aus dem Gesichtsfeld des Empfangschefs, mit einer bedauernden Bewegung der Schultern.

Dann hörte von Studmann eine Frau hinter sich sanft kreischen und Getuschel der Männer. ›Achtung, Oberleutnant! Achtung!‹ sprach es in ihm, und sein Kopf war wieder ganz klar.

Ich verstehe, sagte er. Doch wie kommen wir zu der Ehre, in diesem Hotel mit Ihnen zu trinken, da Sie doch in einer Anstalt interniert sind?

Ausgerissen! lachte der Baron kurz. Die sind ja so dumm. Der alte Geheimrat wird schön fluchen, wenn er mich wieder holt. Ein paar hübsche Dinger habe ich unterdes angerichtet, ganz abgesehen von dem Wärter, dem ich eins auf die Birne gegeben habe. – Es geht zu langsam, murmelte er plötzlich mürrisch. Viel zu langsam. Noch einen Cognac, Kellner. Der ganze Kelch!

Ich würde um Sekt bitten, versuchte Studmann.

Doch es war falsch.

Cognac! schrie der Gast um so wilder. Cognac! – Wer nicht Cognac trinkt, wird erschossen! – Mir ist es egal! schrie er mit Bedeutung zu Studmann. Ich habe den Paragraphen 51, mir passiert nichts. Ich bin der Reichsfreiherr Baron von Bergen. Kein Polizist darf mich anfassen. Ich bin geisteskrank. – Trinkt!

›Dies muß schiefgehen‹, dachte von Studmann verzweifelt, während das ölige Zeug langsam seine Kehle hinunterrann. ›Die Weiber hinten lachen und kichern schon. In fünf Minuten hat er auch mich so weit, wie er uns haben will, und sieht die Gesunden wie irre Tiere vor dem Geisteskranken kriechen. Ich muß sehen …‹ Aber es war nichts zu sehen. Mit einer unbeirrbaren Aufmerksamkeit stand der Narr unter der Tür, die Pistole in der Hand, den Finger am Abzug – und gab sich keine Blöße.

Einschenken! befahl er grade wieder. Einen ganzen Kelch Sekt, daß der Mund wieder frisch wird.

Richtig, Meister, Sie sind richtig! rief jemand, es war wohl ein Boy, aber die andern lachten zustimmend.

Sie sind Kavalier, versuchte es Studmann noch einmal. Ich mache Ihnen den Vorschlag, daß wir wenigstens die beiden Damen aus dem Zimmer lassen. Keiner von uns andern versucht unterdessen herauszukommen, ich gebe Ihnen mein Ehrenwort ...

Damen raus – is nich! grölte es von hinten. Nich wahr, Miezeken? So fein und so nobel kriegen wir es nicht alle Tage ...

Sie hören! lächelte der Baron höhnisch. Und: Trinkt! – Jetzt wieder Cognac. Und setzt euch endlich! Da, richtig, aufs Sofa. Immer los, auch aufs Bett! Sie werden sich auch setzen, mein Herr Direktor! Los! Glauben Sie, ich mach Witze? Ich schieße! Da! Es knallte. Sie schrien. So – trinkt erst wieder. Und nun macht es euch bequem. Röcke aus, Kragen ab, Mädchen da, bind die Schürze ab. Ja, zieht euch ruhig die Blusen aus ...

Herr Baron! sagte von Studmann erbittert. Wir sind hier in keinem Bordell. Ich weigere mich ...

Und dabei fühlte er doch, wie unter der Einwirkung des Alkohols Wille und Tat nicht mehr parallel liefen: der Gehrock hing schon über der Sessellehne, er nestelte an der Binde.

Ich weigere mich ... rief er noch einmal schwach.

Trinkt! schrie der andere. Und höhnisch: In fünf Minuten werden Sie sich nicht mehr weigern. – Jetzt Sekt!

Es gab einen Krach, Geklirr zerbrochenen Glases. Der Kellner Süskind war quer über den Tisch gestürzt, dann zur

Erde gefallen. Jetzt lag er da, röchelnd, sichtlich bewußtlos ...

Der Kellermeister, die dicke Pranke fest auf der Brust des Mädchens, saß lachend auf dem Bett. Die ältliche Reinmachefrau hielt in jedem Arm einen von den Jungen; hochrot schien sie nichts mehr von der Welt um sich zu merken.

Ihr sollt trinken! schrie der Irre. Sie, Herr, gießen Sie jetzt ein! Sekt!

›In drei Minuten bin ich verloren‹, dachte Studmann, indem er zur Sektflasche griff. ›In drei Minuten bin ich so weit wie die andern ...‹

Er fühlte das Ende der Flasche kühl und fest in der Hand, plötzlich war sein Kopf klar.

›Es ist ja alles ganz leicht ...‹ dachte er.

Die Sektflasche war zur Handgranate geworden. Er zog ab und warf sie gegen den Kopf des Rotröckigen. Er sprang hinterher.

Der Baron hatte Schlüssel und Pistole fallen lassen, er war hingestürzt, er schrie: Sie dürfen mir nichts tun! Ich bin geisteskrank! Ich habe den Paragraphen 51! Schlagen Sie mich nicht, bitte nicht, Sie machen sich strafbar! Ich habe den Jagdschein! Und indes von Studmann immer neu in betrunkener Wut auf das Jammergeschöpf einschlug, dachte er wütend: ›Bin ich doch auf ihn reingefallen! Das ist ja bloß ein Feigling, wie sie sich im Felde bei jedem Trommelfeuer die Hosen füllten! In der ersten Minute hätte ich ihm in die Fresse schlagen sollen!‹

Dann ekelte es ihn, weiter in dieses weiche, feige Gewimmer hineinzuschlagen, er sah den Schlüssel neben sich auf der Erde, nahm ihn, stand taumelnd auf, schloß und trat auf den Gang.

Die Gäste, die vor dem niederbrechenden Gewitterregen sehr zahlreich Schutz in der großen Hotelhalle gesucht hatten, fuhren erschrocken zusammen, als sie oben auf der breiten, mit roten Läufern belegten Paradetreppe zum ersten Stock einen taumelnden Mann in zerrissenen Hemdsärmeln mit blutendem Gesicht auftauchen sahen. Erst bemerkten ihn nur einige, aber unter ihnen entstand abwartende Stille. Schon sahen sich andere um, starrten, als könnten sie es nicht glauben.

Der Herr, der Mann stand balancierend oben auf der ersten Stufe, er starrte in die menschenwimmelnde Halle hinab, er schien nicht zu wissen, was dies war, wo er war. Er murmelte etwas. Man konnte es nicht verstehen, aber unten wurde es immer stiller. Deutlich klangen jetzt aus dem Café die Geigen der Musiker herüber.

Der Rittmeister von Prackwitz war aus seinem Sessel aufgestanden, ungläubig starrte er auf die Erscheinung.

Die Angestellten des Hotels sahen hinauf, starrten, wollten etwas tun, wußten doch nicht, was ...

Narren! schrie der Betrunkene jetzt da oben. Wahnsinnig! Denken, sie haben den Jagdschein, aber ich dresche sie ...!

Schwächer schrie er noch einmal zu den von unten Starrenden: Ich dresche euch Idioten!

Er verlor den Halt. Lustig rief er: Hoppla!, sechs Stufen schaffte er noch aufrecht. Dann stürzte er vornüber, und so fiel er die Treppe hinab, den zurückweichenden Gästen vor die Füße.

> Die Welt stinkt wie ein großer Misthaufen,
> aber wenn sich jeder sein eigenes
> Häufchen Gestank apart beiseite tragen will,
> dann kriegt man den Gestank nicht weg.
>
> *Der Eiserne Gustav*

# Sein sehnlichster Wunsch

Als der Krieg kam, erzählte Bürgermeister Stork jedem, der es hören wollte, er habe sich sofort freiwillig zur Front gemeldet. Der Lehrer St. berichtete das gleich seinen Schulkindern, er erzählte ihnen davon, wie glücklich er sein würde, nun dem Führer mit der Waffe in der Hand zu beweisen, daß er einer seiner getreuen Soldaten sei. St. war damals ein Mann Anfang der Dreißiger, kräftig, ohne ein ersichtliches Leiden (es sei denn, daß ihn gelegentlich sein Neid zu sehr plagte und dadurch seine Galle ungünstig beeinflußte). Aber die Monate gingen dahin, ohne daß Herr St. zur Truppe ausrückte. Ab und zu hieß es, er sei als Bürgermeister unersetzlich, seine vorgesetzte Behörde gebe ihn nicht frei: Aber sein eigener brennender Wunsch blieb es, an die Front zu kommen. Oft sprach er mit Verachtung über seine Tätigkeit in der Heimat: »Aber wir müssen ja getreu an dem Platz unsere Pflicht erfüllen, wohin uns der Führer gestellt hat!« Aus den Monaten wurden Jahre, vier Kriegsjahre vergingen und unser Bürgermeister blieb uns erhalten.

(Er war in diesen Kriegsjahren schwerer zu ertragen denn je, davon wird noch zu reden sein.) Endlich erreichte uns die Kunde: unser Bürgermeister verließ uns, er ging nun wirklich zu den Soldaten, zu Beginn des 5. Kriegsjahres. Aber wieder hatte er Pech: nicht mit der Waffe in der Hand durfte er für seinen Führer kämpfen, er wurde Sanitäter. Er trug diese Enttäuschung heldenhaft, aber er verfehlte nie zu betonen, daß es eine Enttäuschung war. Sicher half ihm zum standhaften Ertragen sehr seine Frau, die ihn fast allwöchentlich mit prallgefüllten Koffern in der Kaserne besuchte. Es war eigentlich undenkbar, daß ein Mann neben der kräftigen Soldatenkost so viel essen konnte. Aber sicher bewies Herr St. nun wirklich einmal tätigen N.* und gab viel ab. Wie erzählt wurde, nicht so sehr seinen Kameraden, als seinen Vorgesetzten, besonders dem allgewaltigen, schicksalsbestimmenden Schreibstuben-Feldwebel.

Die Ausbildungszeit ging rasch vorbei und sämtliche Kameraden St.ens kamen nach Stalin, wo damals heftig gekämpft wurde. Aber mit St. meinte es das Schicksal (und der allgewaltige Schreibstuben-Feldwebel) wieder übel: von all seinen Kameraden als einziger mußte er in der Heimat bleiben und auf der Schreibstube arbeiten. Seine oft berichtete Enttäuschung war grenzenlos: »Aber ich darf nicht klagen. Ich muß meine Pflicht erfüllen an dem Platz, wo mich mein Führer hinstellt.« Während seine schwer in Ost und West kämpfenden Kameraden oft noch nicht einmal im Jahre Urlaub bekamen, durfte Herr St. alle vierzehn Tage

---

\* *N.* – Nationalsozialist

mindestens, oft auch allwöchentlich auf Urlaub heimfahren, er wurde auch rascher befördert als die andern an der Front. Was ein richtiger *N*. ist und noch dazu ein Märzgefallener, ein 150%iger, der verleugnet eben seine Überlegenheit nirgend und nie: noch in der Heimat leistet er seinem Führer wichtigere Dienste als Nichtparteimitglieder an der Front. Viele Leute im Dorf bei uns verstanden das nicht in ihrem Unverstand: sie ärgerten sich über den häufigen Urlauber, weil sie die eigenen Söhne oder Männer das ganze Jahr nicht zu Gesicht bekamen. Aber St.en kamen gut über solche unverständigen Gefühle fort, sie zeigten sich weiter fast allsonntäglich per Arm auf der Dorfstraße. Ihre Schamlosigkeit, ihre eherne Stirn waren immer unübertrefflich gewesen. Sie hatten stets den Satz befolgt, daß diejenigen *N*. Bestimmungen, besonders jetzt im Kriege, die die Beschränkungen und Entbehrungen auferlegten, nur den andern galten, nie ihnen. Das befolgten sie auch hier. Wer hat, der hat! Nebenbei aber wurden, dem Vernehmen nach, eifrig Eingaben geschrieben, sowohl von der Frau, wie dem Mann, wie von befreundeten niederen Dienststellen: eine Rückkehr des Herrn St. auf seinen Bürgermeisterposten sei unumgänglich. Der neue Bg.* sei seinem Amte in keiner Weise gewachsen, und unter den neu ernannten politischen Leuten zeige das Dorf bereits bedenklich rote Tendenzen. Leider zeigte die Wehrmacht, die ja bekanntlich keine Parteistelle ist, nicht die geringste Neigung, auf diese Eingaben hin den Sanitätsgefreiten oder gar Unteroffizier St. freizulas-

---

\* Bg. – Bürgermeister

sen. Im Gegenteil soll sie ihn, letztem Vernehmen zufolge, sogar aus seiner Schreibstube entfernt und auf einen großen Truppenübungsplatz im Osten versetzt haben. Ob er dort nun wieder mit der Schreibfeder in der Hand für seinen Führer kämpft, oder man ihn dort fertigmacht zum Ausrücken zu einer kämpfenden Formation – vielleicht geht eines Tages doch des Lehrers St. sehnlichster Wunsch in Erfüllung und er hört in diesem, nun schon an 6 Jahre dauernden Kriege noch einmal einen Schuß losgehen oder brennt gar – der Himmel möge es verhüten! – selber einen los!

## *Keiner kann aus seiner Haut*

Du kannst eben ooch nich aus deine Pelle.
Ick nich und du ooch nich.
Det ist, wat einem so schwer injeht,
det der andere ooch seine Pelle für sich apart hat.
Man denkt immer:
Der muß doch ooch in dieselbe Pelle stecken wie du,
is doch ooch bloß Menschenpelle.
Und dabei is se janz anders.
*Der Eiserne Gustav*

> Aber der Mensch ist ein schwaches Geschöpf,
> und bei den meisten – Männern wie Frauen –
> ist die Zunge der Schwachheit schwächster Punkt.
>
> *Wolf unter Wölfen*

## Die Füllige

Lange konnte sich Suse nicht von der Geburt der beiden kleinen Zwillingsmädchen erholen, von denen uns das eine so rasch wieder verließ. Suse hatte es mit den Beinen – eine Thrombose, und so mußte sie gestützt werden – im Haushalt.

Eine Stütze war bald in der Gestalt von Fräulein Bäht gefunden; es war noch in jenen heute schon sagenhaften Zeiten, da die Leute nach Arbeit schrien. Also hielt das warm empfohlene Fräulein Bäht bei uns seinen Einzug, Mitte der Fünfziger, spät aber um so stärker erblondet, mit einer meistens blauleinen bekleideten Vollbüste und vor allem mit Bettina, ihrem einzigen Herzenskind, einer echten Pekinesin.

Fräulein Bäht und ihre Bettina gaben ein schönes Paar ab! Es ist schwer zu sagen, wessen Tyrannis leichter zu ertragen war, die von Fräulein Bäht oder die von Bettina. Dieses kleine Mistvieh lag den ganzen Tag unter dem Küchentisch – ich meine natürlich die Pekinesin – und kläffte jeden, der sich außer ihrer Herrin in die Küche wagte, so lange und durchdringend an, bis sie den jemand aus der Küche gekläfft hatte. Stellen Sie sich das vor: weder meine Frau noch ich durften uns in die eigene Küche wagen! Bettina kläffte unerträglich giftig!

Ich habe meine Lebtage eine große Liebe für Hunde gehabt, aber ich habe unerzogene Hunde und nun gar Weiberhunde nie ausstehen können. Ein anständiger Hund hat jeden Fremden, der auf den Hof oder ins Haus kommt, kurz und sachlich zu melden, und dann hat er seine Schnauze zu halten, sonst passiert ihm was! Aber dieses Mistvieh von sechs und einem halben Pfund, ein Paket aus gelben, weißen und schwarzen Haaren, brachte sich vor Gift fast um! Die kleine Schnauze weit aufgesperrt, so daß man den vorschriftsmäßig schwarzen Rachen bis zu den Mandeln sah, fuhr sie auf all und jedes los, kläffte, schnappte, biß in jeden Rocksaum, in jeden Stiefel, der Bettina doch mit einem Stoß hätte zermalmen können!

Und was sagte Fräulein Bäht dazu? Mit jener falschen Süße, die einem auf der Stelle den Magen umstülpen kann, flötete sie: »Ach Bettinchen, sei doch nicht so! Das ist doch bloß der Herr Chef! (Bloß der Herr Chef – du falsches süßes Aas!) Ich glaube, Herr Fallada, Bettinchen ist gestern abend das Kalbsschnitzel nicht bekommen, sie hat so unruhig geschlafen. Ich glaube, ich mache Bettinchen gleich einen Einlauf...«

Und was sagte der Herr Chef dazu, dieser gefürchtete Haustyrann? Der Chef saß zwischen zwei Feuern. Einerseits wurde das wirklich tüchtige Fräulein Bäht zur Stützung der Hausfrau notwendig gebraucht, andererseits – nun, andererseits hätte er dieser *bête blonde* am liebsten heute noch auf Nimmerwiedersehen gesagt. Aber da einerseits – genug, der Chef litt vorläufig schweigend, nur kleine Unmutsspritzer erreichten Fräulein Bäht dann und wann.

Aber auch Bettinchen. Ich kann es nicht leugnen, in meiner Zwangslage, ertragen zu müssen, was unerträglich war, wurde ich hinterhältig. Trafen Bettina und ich uns gelegentlich unter vier Augen, so bekam die Giftnudel rasch ein paar Katzenköpfe, was sie freilich keineswegs einschüchterte. Jetzt tobte sie gradezu, sah sie mich nur. Und Fräulein Bäht, die eine feine Witterung für Kränkungen hatte, flötete süß: »Ich weiß nicht, was Bettinchen bloß mit Ihnen hat, Herr Fallada! Es ist grade so, als hätten Sie ihr was getan … Nun aber ruhig, Bettinchen! Der Herr Fallada tut dir gewiß nichts!«

Bettinchen kreischte gradezu – völlig unerträglich!

Ich habe es schon gesagt, daß Fräulein Bäht wirklich tüchtig war, in dem nämlich, was sie gern tun mochte, im Kochen und Einmachen. Sie kochte so, daß sie auch einen schlimmen Feind damit versöhnt hätte – und ich bin von je ein verfressener Mensch gewesen.

Aber sie hatte dabei ihre Eigenheiten. Zum ersten einmal durfte ihr niemand in ihre Geheimnisse sehen. Fragte Suse sie nach einem Rezept, so bekam sie entweder ein Geknurr zu hören oder falsche Auskünfte. Zum andern verwandelte Fräulein Bäht die Küche alle Tage in ein Schlachtfeld. Nichts von dem, was sie vom frühen Morgen an gebraucht hatte, durfte fortgesetzt oder abgewaschen werden. »Wollen

Sie das wohl stehen lassen!« herrschte sie die Haustöchter an. »Das brauche ich noch!«

Sie brauchte alles noch, sie brauchte immer mehr, stets mußte neues Küchengerät angeschafft werden: neue Schüsseln, Kannen, Kummen, Abschöpfkellen. Es hörte nie auf. Mittags sah die Küche aus wie ein Hausstandsladen, abends konnte man nur mit Vorsicht über die Barrieren hinwegkommen. Und zwischen all diesen angebrauchten Näpfen und Kummen kroch Bettinchen umher, und wenn sie nicht kläffte, so leckte sie, naschte sie … Es war wirklich recht gut, daß wir uns Bettinchens wegen nie lange in der Küche aufhalten konnten, was wir bei kurzen Stippvisiten sahen, genügte vollkommen!

Mit Kochen und Einmachen beschäftigt, überließ Fräulein Bäht die beiden Haustöchter, die bei ihr das Kochen und Einmachen lernen sollten, völlig ihrem Schicksal. Wie sie die Zimmer sauber machten, wie sie die Wäsche wuschen; wie sie ihren Tag hinbrachten, war ihr ganz egal. In der Küche durften auch sie sich erst am Abend sehen lassen, zum Abwaschen, das immer stundenlang dauerte.

Morgens kam Fräulein Bäht aus ihren Gemächern, in fließende Gewänder gehüllt, recht ungewaschen und unfrisiert, mit Bettinchen auf dem Arm. Bis zum Mittagessen war es nicht ratsam, ein Wort an Fräulein Bäht zu richten; diese Stunden wirkte sie, wie unsere Haustochter Fridolin richtig sagte, wie eine aufgewärmte Leiche. Gegen Mittag belebte sie sich ein wenig, trotzdem sie nur mäßig von dem so trefflich Zubereiteten aß. Dann erzählte sie gerne aus dem reichen Schatz ihrer Erfahrungen.

Sie war bis *dato* stets Haushälterin bei Junggesellen gewesen, das erklärte ihren totalen Machtanspruch im Haushalt. Süß lächelnd berichtete sie von dem Vertrauen, das sie genossen, von den Kassen, die sie für diese Herren allein geführt, von den Kämpfen, die sie für jene mit den Finanzämtern stets siegreich ausgefochten. Von den Gründen, die sie zur Aufgabe all dieser vorzüglichen Stellungen und zur Annahme einer so jämmerlichen wie in meinem Hause geführt hatten, schwieg sie. Ich nehme an, auch der verhärtetste Junggesell zog auf die Dauer das Ehejoch den Tugenden Fräulein Bähts vor.

Eben sagte ich, daß Fräulein Bäht nur mäßig aß. Nun besteht in meinem Hause seit vielen Jahren die schöne Gewohnheit, daß am Sonntagmorgen nach dem ersten Frühstück alle gewogen werden, Eltern, Kinder, Haustöchter, Gäste. Über sämtliches Gewicht wird Buch geführt, es kostet mich nur einen Griff, ein Nachschlagen, und ich kann sagen, was mein guter Verleger im Juli 1934, wieviel Tante Tilly im November 1937 gewogen hat. Die eigene Familie besitze ich natürlich lückenlos.

Ist am Sonntagmorgen das Frühstück eingenommen, so begibt sich alles, Kind und Kegel, auf die Scheunendiele, wo die Dezimalwaage steht. Feige Gemüter und solche mit schlechtem Gewissen stürzen vorher noch schnell an einen geheimen Ort, um gewisse Gewichtskorrekturen vorzunehmen. Nun wird gewogen. Stets wiegt der Hausherr, stets schreibt die Hausfrau an. Es gibt Jubelschreie zu hören und stille Seufzer der Enttäuschung:

»Wieder zwei Pfund zugenommen! – Und ich habe diese Woche gar nichts gegessen! Die Waage geht bestimmt falsch!« »Ätsch, Anneliese! Nun bin ich doch um ein halbes Pfund leichter als du – und du hast immer gesagt, du würdest nie schwerer als ich!«

Fräulein Bäht, die Füllige, betrat die Waage stets mit Zittern. Ich weiß nicht, was in diesen Frauen steckt, sie war Fünfundfünfzig und hatte die Männer nie ausstehen können. Sie hatte bestimmt keine Heiratsabsichten, und sie schien auch auf ihr Äußeres wenig zu geben. Aber sie hörte ihr Gewichtsergebnis immer an wie einen Richterspruch über Leben und Tod. Stumm, mit bleichen Wangen, ging sie von der Scheunendiele zurück in ihre Küche. Den ganzen Vormittag weinte sie, selbst Bettinchen bekam kein gutes Wort. Sie hatte wieder zugenommen, jede Woche nahm sie bei uns zu. Uns war es ein Rätsel, denn Fräulein Bäht aß am mäßigsten von uns allen. Bis wir allmählich dahinterkamen, daß Fräulein Bäht naschte. Vom frühen Morgen an schleckte sie da und probierte sie dort. Um die zehnte Stunde wurde der Appetit in ihr übermächtig: sie briet sich ein Stückchen Fleisch, sie schlug sich ein Eichen schaumig, sie holte sich schnell ein Kellchen Sahne aus dem Keller oder machte aus frischem Quark, Schnittlauch, Sahne und Knäckebrot ein Schlemmerschnittchen.

Dann stand sie zitternd am Sonntagmorgen auf der Waage. Sie betete zu Gott, ein Wunder möge geschehen sein. Aber das Wunder geschah nicht, und in der Küche begoß sie ihre Sünden mit Tränen und gelobte Enthaltsamkeit. Dann, spätestens beim Kuchen zum Sonntagsnachmittagskaffee, schlich die Sünde wieder in sie ...

Als Fräulein Bäht vor der ernsten Frage stand, entweder ihre ganze Garderobe zu erneuern oder aber zu hungern, machte sie meiner Frau einen Vorschlag. Wir hatten es in letzter Zeit mit ernster Besorgnis beobachtet, daß ihre Hüllen nicht mehr auf ihr weilen wollten. Bewegte sich Fräulein Bäht, so knackten die Druckknöpfe, es öffneten sich Schlitze und Scharten. Die Reißverschlüsse rissen. Fräulein Bäht durfte nicht mehr lachen, nicht heftig atmen.

Also, da machte sie der Suse einen Vorschlag. Dieser Vorschlag war für Fräulein Bäht bezeichnend. Sie beschloß nicht etwa Mäßigkeit für sich, nein, sie verdammte das ganze Haus zum Hungern. Sie hatte von einer wunderbaren Diät gehört, von einem Obsttag: einen Tag in der Woche aß man nur Obst, und man wurde schlank wie eine Nymphe. Ob wir nicht auch solch einen Obsttag einführen wollten, vielleicht jeden Freitag –? Ich muß gestehen, daß dieser Vorschlag Fräulein Bähts von meinen sämtlichen weiblichen Hausgenossinnen mit großem Beifall aufgenommen wurde. Das liegt nun einmal in der Zeit. Sie alle, alle glauben, durch ein bißchen Hungern zu den überschlanken Frauen Botticellis werden zu können, auch wenn sie vom Mutterleibe her mit wahren Bärenschinken in der Weltgeschichte herumlaufen. Frau und Haustöchter waren sich sofort einig, Fräulein Bäht bei ihrem Obsttag Beistand zu leisten. Ich schloß mich natürlich aus – ich war nie für Hungern.

Prickelnde Erwartung begrüßte den ersten Obsttag. Auf jedem Platz liegen drei Äpfel, dazu hatte Fräulein Bäht jeder eine Tasse schwarzen Kaffee bewilligt. Scherzend wurde das schlichte Mahl eingenommen.

Ernstere Mienen sahen am Mittag auf die drei Äpfel, zu denen sich diesmal eine Tasse Fleischbrühe aus einem Bouillonwürfel gesellte. Auf dem Gebratenen des Hausherrn ruhten gedankenvolle Blicke, die scheu abirrten, wurden sie bemerkt.

Am Abend – drei Äpfel und eine Tasse schwarzer Kaffee – war die Stimmung wieder aufgeräumter: nun war der Obsttag so gut wie überstanden, die Nacht wurde verschlafen, am nächsten Morgen tüchtig gefrühstückt, und am Sonntag auf der Waage gab es dann die Belohnung für dieses Fasten!

Das sonntägliche Wiegenfest war eine leichte Enttäuschung. Die einen hatten ein bißchen zu-, die andern ein wenig abgenommen, es war genau so, als hätte es keinen heldenhaft ertragenen Obsttag gegeben. Sie trösteten sich mit dem Gedanken, daß einmal keinmal sei, daß die Auswirkungen solchen Hungerns sich erst allmählich bemerkbar machen würden. Dieser Gedanke verlieh auch Fräulein Bäht Kraft, sie weinte nicht. An diesem Sonntagvormittag naschte sie mit bestem Gewissen: am Freitag würde sie hungern und am Sonntag abgenommen haben! Dessen war sie gewiß.

Wieder der Freitag, wieder die Blicke auf meinen Teller, und wiederum ist es Sonntag geworden. Oh, meine Lieben, wie soll ich es euch sagen, wie soll ich euch gläubig machen, die Wahrheit ohne Zweifel hinzunehmen, sie nicht für die Lüge eines verfressenen Schriftstellers zu halten –?! Das Wiegeergebnis: der einzige, der abgenommen hatte, war ich! Alle, alle hatten sie zugenommen, und teilweise recht beträchtlich!

Die Woche, die nun heraufzog, war düster. Von Äpfeln auch nur zu reden, war Vermessenheit. Wir hatten junge und hübsche Mädchen im Haus, es war Friedenszeit, überall gab es junge Männer: unsere jungen Mädchen sahen sich schon rettungslos einem Puddingformat ausgeliefert. Wenn nicht einmal ein Obsttag mehr half! Gradezu mit Abneigung sahen sie auf das gute Essen, das Fräulein Bäht uns auf den Tisch setzte, aßen's aber doch!

Genau wie Fräulein Bäht es aß, wie sie es nicht über sich gewinnen konnte, eine Suppe anbrennen zu lassen, ein Gemüse zu versalzen. Ihre natürliche Gabe, gut zu kochen, lag in heftigem Widerstreit mit ihrem Wunsch, ätherisch zu werden. Es war die alte Geschichte von der irdischen und der himmlischen Liebe, die himmlische kommt immer zu kurz, wir sind eben Menschen.

Der Apfeltag ging unter düsterem Schweigen vorüber, nur Fridolin wagte die Bemerkung: »Wenn ich diesmal wieder zugenommen habe, höre ich aber mit dem Quatsch auf!« Tiefe Stille, kein Widerspruch – nicht einmal von Fräulein Bäht, und doch hatte eben solch junges Ding eine von ihr vorgeschlagene Maßnahme als Quatsch bezeichnet!

Sonntag ist's, und wieder wird gewogen. Nur zögernd finden sich die zu Wiegenden ein, sie stehen erst vor einer gewissen Tür, ewig rauscht das Wasser ... Ich selbst war hoffnungsvoll, mit einer gewissen Freudigkeit setzte ich die Gewichte auf die Waage. Diesmal mußte das Hungern sich ausgewirkt haben, solche Kasteiung mußte belohnt werden, oder es gab keine Gerechtigkeit auf dieser Erde!

Und wiederum war das Ergebnis kläglich: niemand hatte abgenommen. Einige waren stehen geblieben, andere hatten zugenommen. Ich stand vor einem Rätsel. Suse war's, die Gute, die des Rätsels Lösung fand. Sie hatte am Sonnabend, am Tag nach der Obstdiät, alle Esser beobachtet. Sie hatte schon beim ersten Frühstück einen gewaltig gesteigerten Brotkonsum festgestellt, sie berichtete von schnell zwischen zwei Arbeiten eingeschobenen Stullen – zu deutsch: was sie sich an einem Tag abgehungert hatten, legten sie sich am nächsten Tag zu.

Damit war das Urteil über die Obsttage gesprochen. Alle waren der Ansicht, so etwas eigne sich vielleicht für Stadtmenschen; wer aber auf dem Lande lebe, viel in der frischen Luft sei, sich kräftig ausarbeite, alle Augenblick in einen See springe und schwimme, der habe einen so kräftigen Appetit, daß er einfach befriedigt werden müsse. Hungern, jawohl, aber dann still im Bett liegen. Lieber sich tüchtig abarbeiten, das hielt einen am ehesten auf einem vernünftigen Gewicht!

Mit den Obsttagen war es vorbei. Nun hatte ich auch an den Freitagen wieder fröhliche Mitesserinnen an meinem Tisch, nicht mehr wurde gierig mit schlechtem Gewissen auf meinen Teller gestarrt.

Nur Fräulein Bäht – mit einer unbegreiflichen Hartnäckigkeit hielt sie an ihrem Obsttag fest. Während wir schmausten, kaute sie unter giftigem Schweigen mit hohen Zähnen an ihren Äpfeln. Die jungen Mädchen erzählten uns kichernd, daß diese so herausfordernd ertragene Diät Fräulein Bäht nicht im geringsten hindere, in der Küche auch an den Freitagen zu naschen. Aber nachdem sie um elf ein kleines hübsches Muschelragout aus Kalbsmilch und Champignons zu sich genommen, nachdem sie dann um halb zwölf ein Erdbeereis mit Schlagsahne verzehrt hatte, saß sie um zwölf Uhr fünfzehn mit giftiger Miene vor ihrem Apfelteller.

Ach, wenn Unglück einen Mann befallen soll,
kommt es unaufhaltsam.

*Wolf unter Wölfen*


# Der Ärmste


Es ist der einunddreißigste Oktober, morgens neuneinhalb Uhr. Pinneberg ist in der Herrenkonfektions-Abteilung von Mandel dabei graue, gestreifte Hosen zu ordnen.

»Sechzehn fünfzig ... Sechzehn fünfzig ... Sechzehn fünfzig ... Achtzehn neunzig ... zum Donnerwetter, wo sind die Hosen zu Siebzehn fünfundsiebzig? Wir hatten doch noch Hosen zu Siebzehn fünfundsiebzig! Die hat doch wieder dieser Schussel von Keßler versaubeutelt. Wo sind die Hosen –?« [...]

Er überblickt schnell die Abteilung. Die anderen verkaufen noch oder verkaufen schon wieder. Nur Keßler und er sind frei. Also ist Keßler der nächste dran. Pinneberg wird sich schon nicht vordrängen. Aber, während er gerade Keßler ansieht, geschieht das Seltsame, daß Keßler Schritt um Schritt gegen den Hintergrund des Lagers zurückweicht. Ja, es ist gerade so, als wollte Keßler sich verstecken. Und wie Pinneberg gegen den Eingang schaut, sieht er auch die Ursache solch feiger Flucht: Da kommen erstens eine Dame, zweitens noch eine Dame, beide in den Dreißigern, drittens noch eine Dame, älter, Mutter oder Schwiegermutter, und viertens ein Herr. Schnurrbart, blaßblaue Augen. Eierkopf.

›Du feiges Aas‹, denkt Pinneberg empört. ›Vor sowas reißt der natürlich aus. Na warte!‹

Und er sagt mit einer sehr tiefen Verbeugung: »Was steht bitte zu Diensten, meine Herrschaften?« und dabei läßt er seinen Blick ganz gleichmäßig einen Augenblick auf jedem der vier Gesichter ruhen, damit keines zu kurz kommt.

Eine Dame sagt ärgerlich: »Mein Mann möchte einen Abendanzug. Bitte, Franz, sag doch dem Verkäufer selbst, was du willst!«

»Ich möchte …«, fängt der Herr an.

»Aber Sie scheinen ja nichts wirklich Vornehmes zu haben«, sagt die zweite Dame in den Dreißigern.

»Ich habe euch gleich gesagt, geht nicht zu Mandel«, sagt die Ältliche. »Mit so was muß man zu Obermeyer.«

»… einen Abendanzug haben«, vollendet der Herr mit den blaßblauen Kugelaugen.

»Einen Smoking?« fragt Pinneberg vorsichtig. Er versucht, die Frage gleichmäßig zwischen den drei Damen aufzuteilen und doch auch den Herrn nicht zu kurz kommen zu lassen, denn selbst ein solcher Wurm kann einen Verkauf umschmeißen.

»Smoking!« sagen die Damen empört.

Und die Strohblonde: »Einen Smoking hat mein Mann natürlich. Wir möchten einen Abendanzug.«

»Ein dunkles Jackett«, sagt der Herr.

»Mit gestreiftem Beinkleid«, sagt die Dunkle, die die Schwägerin zu sein scheint, aber die Schwägerin der Frau, so daß sie als die Schwester des Mannes wohl noch ältere Rechte über ihn hat.

»Bitte schön«, sagt Pinneberg.

»Bei Obermeyer hätten wir jetzt schon das Passende«, sagt die ältere Dame.

»Nein, doch nicht so was«, sagt die Frau, als Pinneberg ein Jackett in die Hand nimmt.

»Was könnt ihr denn hier anders erwarten?«

»Ansehen kann man sich jedenfalls. Das kostet nichts. Zeigen Sie nur immer, junger Mann.«

»Probier das mal an, Franz!«

»Aber, Else, ich bitte dich! Dies Jackett …«

»Nun, was meinst du, Mutter –?«

»Ich sage gar nichts, fragt mich nicht, ich sage nichts. Nachher habe ich den Anzug ausgesucht.«

»Wenn der Herr die Schulter etwas anheben wollte?«

»Daß du die Schultern nicht anhebst! Mein Mann läßt immer die Schultern hängen. Dafür muß es eben unbedingt passend sein.«

»Dreh dich mal um, Franz.«

»Nein, ich finde, das ist ganz unmöglich.«

»Bitte, Franz, rühr dich etwas, du stehst da wie ein Stock.«

»Das ginge vielleicht eher.«

»Warum ihr euch hier bei Mandel quält …?«

»Sagen Sie, soll mein Mann ewig in diesem einen Jackett rumstehen? Wenn wir hier nicht bedient werden …«

»Wenn wir vielleicht dies Jackett anprobieren dürften …«

»Bitte, Franz.«

»Nein, das Jackett will ich nicht, das gefällt mir nicht.«

»Wieso gefällt dir denn das nicht? Das finde ich sehr nett!«

»Fünfundfünfzig Mark.«

»Ich mag es nicht, die Schultern sind viel zu wattiert.«

»Wattiert mußt du haben, bei deinen hängenden Schultern.«

»Saligers haben einen entzückenden Abendanzug für vierzig Mark. Mit Hosen. Und hier soll ein Jackett ...«

»Verstehen Sie, junger Mann, der Anzug soll was hermachen. Wenn wir hundert Mark ausgeben sollen, können wir auch zum Maßschneider gehen.«

»Nein, nun möchte ich doch endlich einmal ein passendes Jackett sehen.«

»Wie gefällt Ihnen dies, gnädige Frau?«

»Der Stoff scheint sehr leicht zu sein.«

»Gnädige Frau sehen alles. Der Stoff fällt wirklich etwas leicht aus. Und dies?«

»Das geht schon eher. Ist das reine Wolle?«

»Reine Wolle, gnädige Frau. Und Steppfutter, wie Sie sehen.«

»Das gefällt mir ...«

»Ich weiß nicht, Else, wie dir das gefallen kann. Sag du mal, Franz ...«

»Ihr seht doch, daß die Leute hier nichts haben. Kein Mensch kauft bei Mandel.«

»Probier dies mal über, Franz.«

»Nein, ich probier nichts mehr über, ihr macht mich doch bloß schlecht.«

»Was soll denn das wieder heißen, Franz? Willst du einen Abendanzug haben oder ich?«

»Du!«

»Nein, du willst ihn.«

»Du hast gesagt, der Saliger hat einen, und ich mache mich einfach lächerlich mit meinem ewigen Smoking.«

»Dürfte ich gnädiger Frau noch dies zeigen? Ganz diskret, etwas sehr Vornehmes.« Pinneberg hat sich entschlossen, auf Else, die Strohblonde, zu tippen.

»Das finde ich wirklich ganz nett. Was kostet er?«

»Allerdings sechzig. Aber es ist auch etwas ganz Exklusives. Gar nichts für die Masse.«

»Sehr teuer.«

»Else, du fällst doch auf alles rein! Das hat er uns ja schon mal gezeigt.«

»Mein liebes Kind, so schlau wie du bin ich auch. Also, Franz, ich bitte dich, probiere es noch einmal an.«

»Nein«, sagt der Eierschädel böse. »Ich will überhaupt keinen Anzug. Wo du sagst, ich will ihn.«

»Aber ich bitte dich, Franz ...«

»In der Zeit hätten wir bei Obermeyer zehn Anzüge gekauft.«

»Also Franz, jetzt ziehst du das Jackett an.«

»Er hat es doch schon angehabt!«

»Nicht dies!«

»Doch.«

»Also, jetzt gehe ich, wenn ihr euch hier streiten wollt.«

»Ich gehe auch. Else will wieder um jeden Preis ihren Willen durchsetzen.«

Allgemeine Aufbruchsstimmung. Die Jacketts werden, während die spitzen Reden hin und her fliegen, hierhin geschoben, dorthin gezerrt ...

»Bei Obermeyer ...«

»Nun bitte ich dich, Mutter!«

»Also wir gehen zu Obermeyer.«

»Aber sagt bitte nicht, daß ich euch dahin gelotst habe!«

»Natürlich hast du!«

»Nein, ich ...«

Vergebens hat Pinneberg versucht, ein Wort anzubringen. Nun, in der höchsten Not, wirft er einen Blick um sich, er sieht Heilbutt, sein Blick begegnet dem des anderen ... Es ist ein Hilfeschrei. Zugleich tut Pinneberg etwas Verzweifeltes. Er sagt zu dem Eierkopf: »Bitte, Ihr Jackett, mein Herr!«

Und er zieht dem Mann das strittige Sechzigmark-Jackett an, und kaum sitzt es, ruft er auch schon: »Ich bitte um Verzeihung, ich habe mich versehen.« Und ganz ergriffen: »Wie Sie das kleidet.«

»Ja, Else, wenn du das Jackett ...«

»Ich habe immer gesagt, dies Jackett ...«

»Nun, sage du mal, Franz ...«

»Was kostet dies Jackett?«

»Sechzig, gnädige Frau.«

»Aber für Sechzig, Kinder, ich finde das ja Wahnsinn. Bei den heutigen Zeiten sechzig. Wenn man schon durchaus bei Mandel kauft ...«

Eine sanfte, aber bestimmte Stimme neben Pinneberg sagt: »Die Herrschaften haben gewählt? Unser elegantestes Abendjackett.«

Stille.

Die Damen sehen auf Herrn Heilbutt. Herr Heilbutt steht da, groß, dunkel, bräunlich, elegant.

»Es ist ein wertvolles Stück«, sagt Herr Heilbutt nach einer Pause. Und dann verneigt er sich und geht weiter, entschwindet, irgendwohin, hinter einen Garderobenständer, vielleicht war es Herr Mandel selber, der hier durchging?

»Für sechzig Mark kann man aber auch was verlangen«, sagt die unzufriedene Stimme der Alten. Doch sie ist nicht mehr ganz unzufrieden.

»Gefällt es dir denn auch, Franz?« fragt die blonde Else. »Auf dich kommt es doch schließlich an.«

»Na ja ...«, sagt Franz.

»Wenn wir nun auch passende Beinkleider ...«, beginnt die Schwägerin.

Aber das wird nicht mehr tragisch mit den Beinkleidern. Man ist sich sehr rasch einig, es wird sogar ein teures Beinkleid. Der Kassenzettel lautet insgesamt über fünfundneunzig Mark, die alte Dame sagt noch einmal: »Bei Obermeyer, sage ich euch ...« Aber niemand hört auf sie.

> Wahres Leid findet in allem Nahrung,
> selbst im Widersinnigen.
>
> *Wolf unter Wölfen*


# Die Kränkste von allen

Wenn ich nicht irre (ich verbitte mir aber von vornherein alle aufklärenden Briefe aus der Verwandtschaft!), wenn ich mich also nicht irre, entstammte Tante Gustchen dem gleichen dauerhaften Zweig der Familie, soweit man einem Zweig entstammen kann. In ihrer Jugend war sie berühmt gewesen ob ihres Gesanges. Sie hatte sechs Schwestern besessen, und ihr Vaterhaus hatte in der ganzen Stadt nur das Haus mit den sieben singenden Töchtern geheißen. Aber während sich ihre Schwestern Männer ersangen, war Tante Gustchen sitzengeblieben und legte sich nun aufs Schrullige, wodurch sie mit der Zeit noch eine leidliche zweite Berühmtheit gewann.

Sie behauptete ständig, schwer krank zu sein, vor allem litt sie an Kopfschmerzen. Dies teilte sie ihrer Umwelt dadurch mit, daß sie ihr Kopfschmerzentuch trug, ein einstens weiß gewesenes Gewebe, das längst alle Farbe und Struktur verloren hatte. Es wurde um die Schläfen geschlungen und hatte am Hinterkopf zwei lange, trübselig herabhängende

Zipfel. Ein Ausläufer dieses Tuches ging aber auch unter das Kinn (Kombinationen zwischen Zahn- und Kopfschmerzen traten gelegentlich auch auf und mußten gebührend stärker bedauert werden!), und unter dem Kinn hingen wieder zwei graue Zipfel.

Es war streng verboten, mit Tante Gustchen über anderes als ihre Kopfschmerzen zu reden, wenn sie dieses Tuch trug. Wer das nicht beachtete, gegen den konnte sie recht giftig werden. Wurde es mit den Schmerzen zu schlimm, so legte sich Tante Gustchen ins Bett, und dann hing an ihrer Tür ein Zettel: »Ich liege im Bett und bitte, nicht zu klingeln. Der Schlüssel liegt unter der Matte.«

Dann nahm jeder, der kam, sei es nun der Briefträger, der Bäcker oder ein Besuch, unter der Matte den Türschlüssel hervor und erledigte, ohne sich um Tante Gustchen zu kümmern, in der Wohnung, was er wollte.

Manchmal kam es auch vor, daß aus der Wohnung trotz des Zettels lautes Klavierspiel tönte. Dann war mein Vater gekommen, der in seinen Junggesellenjahren mit ihr oft vierhändig spielte. Vor der Musik hielten auch ihre Kopfschmerzen nicht stand. Mißtraute dann aber jemand, das Klavierspielen hörend, den Worten des Zettels und klingelte doch, so fuhr sie giftig an die Türe, rief: »Kannst du denn nicht lesen, daß ich im Bett liege –?« und schlug die Tür zu, dem andern die Benutzung des Schlüssels freistellend. Und wieder erklangen irgendwelche träumerische Melodien von Schubert oder Schumann.

Am giftigsten aber wurde die Tante, wenn jemand anders behauptete, auch krank zu sein. Sie sah das als einen frevelhaften Eingriff in ihre wohlerworbenen Rechte an. Sie war die Kranke in der Familie! Sie hatte jede Krankheit schon gehabt, und jede schlimmer als jede andere! Als ihre Nichte Frieda ihr erstes Kind bekommen hatte, ging sie triumphierend zu Tante Gustchen und berichtete ihr das Genaueste von der Entbindung. Der Tante Gesicht wurde immer länger und saurer, als sie die Einzelheiten hörte, von schrecklichen Schmerzen einiges hören mußte. Als aber die Nichte schloß: »Siehst du, Tante Gustchen, die Krankheit hast du nun doch noch nicht gehabt! Oder doch –?« da setzte sie die freche Sünderin vor die Türe!

Eines Tages kam Tante Gustchen dann zu dieser Nichte Frieda, die ihr Liebling war, legte ihr Silber auf den Tisch des Hauses und sagte mit Grabesstimme: »Nimm's hin – du erbst es ja doch! Aber das Monogramm darfst du noch nicht ändern!«

Man befragte sie voll Teilnahme, warum sie denn jetzt schon ihre Habe verteile, und sie erklärte kummervoll: »Ich habe heute nacht geträumt, ich sterbe dieses Jahr noch.«

»Ach, Tante Gustchen, das stimmt sicher nicht! Wie war denn der Traum?«

»Ja, ich träumte, ich ging in der Eilenriede spazieren. Da kroch mir ein Käfer über den Weg, er hatte auf jedem Flügel eine 9, und eine Stimme aus dem Himmel sprach dazu: Ssängkangtssäng! Ssängkangtssäng! Und wir haben 1899, und ich werde fünfundfünfzig Jahre alt, also muß ich sterben!«

Vergeblich wurde ihr vorgestellt, der liebe Gott werde doch mit Tante Gustchen nicht Französisch sprechen, und noch dazu so schlechtes Französisch! Es half alles nichts, Tante Gustchen war entschlossen, Gottes Stimme zu folgen und noch in diesem Jahre zu sterben.

Um sie nur zu beruhigen, nahm die Nichte Frieda das Silberzeug. Ja, sie benutzte es schließlich auch, und als einige Monate hingegangen waren, ließ sie auch das Monogramm ändern, denn sie dachte: geschenkt ist geschenkt.

Aber am Heiligen Abend des Jahres 1899 erscheint plötzlich Tante Gustchen bei ihr, und statt ein Geschenk zu bringen, fordert sie ihr Silber zurück: »Es scheint ja nun doch, als sollte ich dieses Jahr noch nicht sterben, und morgen bekomme ich Besuch, da brauche ich mein Silber. Also, liebe Frieda, gib es mir wieder!«

Die liebe Frieda versuchte es erst mit Ausflüchten, mußte dann aber gestehen, daß sie das Monogramm geändert hatte. Tante Gustchen war empört: die Nichte hatte also auf ihren Tod spekuliert! Also war sie gar keine liebe Nichte, sondern eine Erbschleicherin! Tante Gustchen nahm ihr Silberzeug und rauschte ab. Die Nichte Frieda aber sah es nie wieder. Jemand anders in der Familie hat's schließlich geerbt, mit Friedas Monogramm.

Nachweisbar ist Tante Gustchen in ihrem langen Leben nur zweimal krank gewesen. Das eine Mal hatte sie sich auf der Straße bei Glatteis das Bein gebrochen, sie war sofort ins Krankenhaus gebracht worden. Dies Ereignis teilte sie meinem Vater brieflich mit dem Zusatz mit: »Gelobt sei Gott! Ich hatte grade saubere Wäsche an!«

Das andere Mal hatte es Tante Gustchen mit dem Magen. Sie kam wieder ins Krankenhaus und wurde auf eine

Probediät von Weißbrot und Tee gesetzt. Aber sie vereitelte die ärztlichen Bemühungen. Sie bestellte bei ihren Besucherinnen, alten Weiblein ihres Schlages, was sie gerne aß: Linsensuppe und Gänseschwarzsauer. Das wurde dann der Heimlichkeit wegen in weiten Steinkruken gebracht und in den Efeu unter ihrem Fenster gehängt. Diese kombinierte Diät ist ihr aber ausgezeichnet bekommen, sie blühte sichtlich auf, und die Ärzte waren sehr stolz auf ihren Heilerfolg. Wozu sie innerlich geschmunzelt haben mag, äußerlich blieb sie in einem weg beim Klagen.

Tante Gustchen war überhaupt sehr für gutes Essen, wenn sie es bei andern bekam. Mußte sie es aus eigenen Mitteln bestreiten, so nahm sie auch mit dem Einfachsten vorlieb. Sie bekam etwa irgendwo bei Freunden einen Sahnenreis zu essen, der sie begeisterte. Sofort ließ sie sich das Rezept geben und lud ihre Nichten zu einem großen Festschmaus ein. Der Reis aber schmeckte unbefriedigend, er schmeckte genau wie gewöhnlicher Milchreis. Tante Gustchen blieb steif und fest dabei, sie habe ihn genau nach dem Rezept gemacht. Ihr müsse mit Vorbedacht ein falsches Rezept gegeben worden sein, um die Geheimnisse des wahrhaften Sahnenreises nicht zu enthüllen. Erst durch hartnäckiges Befragen bekam man heraus, daß sie statt acht Eiern nur eines und statt Sahne einfache Milch genommen hatte. Ich nehme an, Tante Gustchen hat die Ersatzrezepte des Weltkrieges vorausgeahnt.

Als die besagte Nichte Frieda bei der Tante in Gnaden war, wurde sie deswegen noch lange nicht sehr höflich von ihr behandelt. Im Gegenteil, die Nichte war immer der Blitzableiter aller schlechten Launen der Tante. Einmal klagte sie das zu einer Freundin, und da diese Freundin die Tochter eines Jugendgespielen von Tante Gustchen war, verabredeten die beiden, sie wollten den nächsten Besuch bei der Tante gemeinsam machen. Tante Gustchen begrüßte auch die Tochter des Jugendgespielen mit Rührung, sie schwelgte in Erinnerungen. Schließlich zieht das junge Mädchen ein Bild aus der Tasche und zeigt es der Tante: »Das ist mein Vater!«

Tante Gustchen betrachtet das Bild, nickt energisch mit dem Kopf und sagt: »Ja, das ist er! Er sah immer etwas simpel aus!«

Und gab das Bild zurück.

Bei der Nichte Frieda fand sich die Tante auch trotz ihres Geizes bereit, die Hochzeit auszurichten. Damit es aber nicht zu teuer wurde, ging sie nicht mit zur Trauung, sondern wirtschaftete selbst in der Küche. Da klingelt es, sie denkt, es ist der Konditor, der Torte und Eis bringt. Aber es ist ein Freund, der sie auf der Durchreise besuchen will. Tante Gustchen sagt bedauernd: »Das tut mir aber furchtbar leid, ich habe heute grade Hochzeit!«

»Was?!« ruft der Freund schaudernd. »Du, Gustchen –!« schlägt die Tür zu und verschwindet auf Nimmerwiedersehen.

> Verwandtschaft alleene ist schon schlimm genug!
> Und denn noch Verwandtschaft und Jeschäft!
>
> *Der Eiserne Gustav*

# Der Boshafte

Auf dem ›Schloß‹ in Neulohe, bei den alten Leuten, bei den Teschows, aßen sie Punkt sieben Uhr zu Abend. Um halb acht waren sie damit fertig, und dann hatten die Mädchen nur noch den Abwasch und das Aufräumen in der Küche, was spätestens um acht fertig war. Darauf hielt die alte Gnädige: ›auch ein Dienstbote muß einmal Feierabend haben!‹

Freilich kam dann noch 8 Uhr 15 die Abendandacht, zu der alle im Schloß frisch gewaschen zu erscheinen hatten – bis auf den alten Herrn von Teschow natürlich, der zum immer neuen Ärger seiner Frau gerade um diese Stunde stets einen eiligen, völlig unaufschiebbaren Brief schreiben mußte.

Nein, heute geht es wirklich nicht, Belinde! Und überhaupt – ich höre mir deinetwegen schon alle Sonntage an, was uns der alte Lehnich von der Kanzel erzählt. Ich muß ja sagen, es klingt ganz schön, aber *ich* kann mir nichts Rechtes darunter vorstellen, Belinde. Und ich glaube, du auch nicht. Wenn ich mir so ausmale, wir fliegen da einmal als Engel im Himmel herum, du, Belinde, und ich – so in weißen Hemden wie auf den Bildern in der großen Bilderbibel ...

Du spottest mal wieder, Horst-Heinz!

I bewahre, keine Spur! – Und ich treff da meinen alten Elias, und der flattert auch so rum und singt auch ewig, und dann flüstert er mir zu: Na, Geheimrat, du hast auch Schwein gehabt, wenn ich dem lieben Gott all das von deinem Rotspohn erzählt hätte, und was du manchmal für lästerliche Reden geführt hast ...

Richtig, Horst-Heinz, sehr richtig!

Und alles ohne Standesunterschied und einfach per Du, in so einer Art von Nachthemden und mit Gänseflüchten – Ja, verzeih, Belinde, es sind nämlich Gänseflüchten. Es sollen ja wohl Schwanenflüchten sein, aber Schwan und Gans sind so ziemlich dasselbe ...

Ja, geh nur rauf, Horst-Heinz, und schreibe deinen wichtigen Geschäftsbrief. Ich weiß schon, du spottest bloß, und gar nicht mal über die Religion, sondern nur über mich. Aber das macht mir nichts, das trage ich, das ist sogar besser. Denn wenn du über die Religion spottetest, wärest du verworfen für immer und ewig – aber wenn du über mich spottest, bist du bloß unhöflich. Und das darfst du ruhig sein, wir sind ja bereits zweiundvierzig Jahre miteinander verheiratet, da bin ich einen unhöflichen Ehemann schon gewöhnt!

Damit rauschte die Gnädige kurz ab zum Betsaal, der alte Herr aber stand lachend auf dem Treppenabsatz und sprach: I du Donner, da habe ich es mal wieder und gründlich! Aber recht hat sie – und so will ich denn mal wirklich wieder zu einer von ihren Andachten gehen, morgen oder übermorgen. Es muntert sie doch ein bißchen auf, und man soll auch einmal etwas für seine Frau tun, selbst wenn man schon zweiundvierzig Jahre verheiratet ist. – Wenn sie bloß nicht immer den Hickauf kriegen würde, sobald sie gerührt ist! Es ist genauso, wie wenn einer beim Billardspielen kiekst – ich kann das Kieksen nicht hören und ich kann den Hickauf nicht hören, und warte doch immer darauf. – Na, nun will ich noch ein bißchen rechnen, ich bin überzeugt, mein Herr Schwiegersohn zahlt viel zuwenig für den elektrischen Strom ...

Damit stieg der Geheimrat hinauf in sein Arbeitszimmer und war drei Minuten später, von den Wolken einer Brasil eingehüllt, in seine streitbaren Rechnungen versunken, ein wohl alter, aber nicht umzubringender Rauschebart. Die Rechnungen waren aber darum so streitbar, weil er mit ihnen seinem Schwiegersohn zu Leibe wollte.

Der zahlte, wie für alles, auch für den elektrischen Strom dem Schwiegervater viel zuwenig, wie dieser fand; viel zuviel, wie er selbst fand. Neulohe war bei keiner Überlandzentrale angeschlossen, sondern erzeugte sich seinen Strom selber. Die stromerzeugende Maschine, ein hochmoderner Rohöl-Dieselmotor, stand mit den Akkumulatoren im Schloßkeller, und weil sie dort stand, war sie nicht dem Schwiegersohn, für den sie hauptsächlich arbeitete, verpachtet, sondern der alte Herr hatte sie für sich behalten, obwohl er nur ›drei Funzeln in seinem Katen‹ brannte. Die Abmachung wegen des Strompreises war auch ganz einfach gewesen: jeder von beiden Teilen hatte seinen Anteil an den Kosten je nach dem Anteil am Verbrauch zu zahlen.

Aber auch die einfachste, die klarste Abmachung versagt dort, wo zwei sich nicht ausstehen können. Der alte Herr von Teschow fand, sein Schwiegersohn sei kein Landwirt, aber ein großer Herr von Habenichts, der auf Grund der schwiegerväterlichen Tasche gut leben wollte. Der Rittmeister von Prackwitz fand, daß sein Schwiegervater ein Neidhammel, ein Geizkragen und dazu ein gut Teil ›plebejischer‹ sei, als er ertragen konnte. Der alte Herr sah sein Barvermögen unter der Inflation dahinschwinden, und je wertloser das in vielen Jahren Angehäufte wurde, um so dringender schien ihm die Jagd nach neuem Gelde. Der Rittmeister merkte, wieviel schwieriger das Wirtschaften von Monat zu Monat wurde, spürte, wie ihm die zu Geld verwandelte Ernte unter den Händen zerrann, sorgte sich und fand es höchst filzig von dem alten Herrn, daß er ewig mit neuen Forderungen, Einwendungen, Mahnungen kam.

Im ganzen fand der Geheimrat von Teschow, daß sein Schwiegersohn viel zu gut lebte. Warum rauchte er nicht wie ich Zigarren, an denen man 'ne Stunde suckeln und nuckeln kann? Nee, das müssen Zigaretten sein, diese Sargnägel, von denen man nur braune Fingernägel kriegt und die in drei Minuten weggepafft sind. Er ist nach dem Kriege mit einem Offizierskoffer hier angerückt, und mehr als schmutzige Wäsche ist da auch nicht drin gewesen! Nee, Belinde, wenn einer seine Zigaretten bezahlt, so sind wir es – aber natürlich bezahlt er sie gar nicht, sondern kauft auf Rechnung.

Alle jungen Leute rauchen heute Zigaretten, hatte Belinde bemerkt und ihren Mann mit dieser Bemerkung erst recht in Fahrt gebracht. Ehefrauen, überhaupt Eheleute, haben für solche irritierenden Bemerkungen ein besonderes Geschick.

Ich werde ihn lehren! So jung ist er doch nicht mehr! hatte der Geheimrat schließlich drohend und blaurot angelaufen ausgerufen. Der Herr Schwiegersohn soll noch einmal lernen, wie schwer Geld verdient wird!

Und so saß denn der alte Herr an seinem Schreibtisch und rechnete, in der Absicht, schwer Geld zu verdienen. Er rechnete aber aus, was seine Lichtanlage kosten würde, wenn er sie heute, zum Dollarkurs von 414000 Mark, anschaffen würde. Und diese Anschaffungskosten verteilte er auf zehn Jahre.

Denn länger hält die Anlage bestimmt nicht – und wenn sie auch länger hält, in der Zeit will ich sie bestimmt abgeschrieben haben.

Es war ein ganz hübsches Sümmchen, was da nun auf dem Papier stand: auch wenn man jeden Monat nur mit einem Zwölftel belastete, war es noch immer eine gewaltige Zahl, mit sehr vielen Nullen.

›Der wird morgen früh gucken, der Herr Schwiegersohn‹, sagte der Geheimrat bei sich, ›wenn er diese frohe Botschaft liest. Geld hat er natürlich nicht; das bißchen, was er noch hatte, wird er in Berlin gelassen haben. Aber ich werde ihm schon auf der Pelle sitzen, daß er rasch drischt; und das Druschgeld jage ich ihm dann ab, und er mag sehen, wie er durch den Winter kommt!‹

Es war eigentlich unbegreiflich, daß der alte Mann solchen Haß auf den Schwiegersohn hatte. Früher, als der Rittmeister noch Offizier gewesen war und in irgendwelchen weit abgelegenen Garnisonen gelebt hatte, und dann, als Krieg gewesen war, da hatten sich die beiden, wenn sie sich einmal sahen, eigentlich ganz gut vertragen. Der wirkliche Haß war erst aufgekommen bei dem alten Herrn, seit der Rittmeister hier in Neulohe als Pächter lebte, seit unter den Augen des alten Herrn sich das Prackwitzsche Familienleben abspielte ...

Der alte Herr war ja gar nicht so dumm und dickköpfig, er sah ganz gut, wie der Rittmeister sich plagte und sorgte. Sicher war der Schwiegersohn ein verabschiedeter Reiteroffizier und kein Landwirt, darum packte er vieles ungeschickt und auch falsch an. Sicher war er oft zu milde und manchmal zu hitzig. Sicher trug er englische Anzüge von einem sehr teuren Schneider in London, dem er immer sein Maß schickte, und Oberhemden, die von oben bis unten durchgeknöpft wurden (›Ekelhaft weibisch‹ – obwohl nie ein Weib solch Oberhemd getragen hat), während der alte Geheimrat nur Lodenanzüge und Jägerhemden trug. Sicher – und so gab es noch zehn, noch zwanzig Einwendungen gegen den Rittmeister. Aber jede für sich und alle zusammen gaben noch keinen Grund für solchen Haß ab.

Der Geheimrat von Teschow ist fertig mit seiner Rechnerei; den Brief an den Schwiegersohn wird er nachher schreiben, jetzt greift er nach der *Oder-Zeitung*. Doch er kommt nicht zum Lesen, er entdeckt, daß der Dollar nicht mehr auf 414 000, sondern auf 760 000 steht. Das müßte ihn eigentlich ärgern. Er hätte in die Zeitung sehen müssen, ehe er mit seiner Rechnerei anfing. Nun muß er alles noch einmal machen. Aber es ärgert ihn nicht. Er macht sich gerne an die neue Rechnerei – muß der Herr Schwiegersohn um so mehr bezahlen!

›Ich kriege ihn doch noch kaputt!‹ denkt er flüchtig, und die Hand mit der Feder bleibt einen Augenblick still stehen, als sei sie über den Gedanken erschrocken. Aber gleich schreibt sie weiter. Der Geheimrat hat nur mit den Schultern gezuckt. Das war ein dummer Gedanke, natürlich legt er es nicht im geringsten darauf ab, den Herrn von Prackwitz zu ruinieren. Der soll nur bezahlen, was sich gehört. Mehr verlangt er gar nicht. ›Meinethalben kann er da drüben leben, wie er mag, in Seidenhemden und Büxen!‹ denkt der Geheimrat grimmig und schreibt weiter.

Durch das alte Schloß klingen die klagenden und jetzt fast leichtfertig flötenden Töne des Harmoniums. Geheimrat von Teschow nickt und tritt mit den Füßen den Takt – beschleunigend: ›Schneller, Belinde, schneller! Bei diesem Tempo müssen die Leute ja einschlafen.‹

Er ist ja nicht nur der Rittmeister von Prackwitz – er ist doch auch der Mann unserer einzigen Tochter, hat Belinde neulich gesagt. Eben, eben; wie 'ne Frau so was sagen kann, als sei es die selbstverständlichste Sache von der Welt: der Mann der einzigen Tochter! […]

Aber wenn da so ein Rittmeister von Habenichts und Kannichts, aber Willsehrviel kommt – so soll er sich gesagt sein lassen: wir haben unsere Tochter nicht für dich aufgezogen! Der Ehemann der einzigen Tochter, jawohl, bitte schön – aber wieso eigentlich? Das ist ja ganz wunderbar ausgedacht, wir haben unsere Tochter erzogen, ein Mädchen wie keines, damit du dein Vergnügen hast?! Und nicht einmal das – man kommt ja nicht selten an der Villa vorbei, man hört es schon: du schreist Evchen an?! Nein, mein lieber Herr Schwiegersohn, das wollen wir dir zeigen, und nun macht es uns gar nichts aus, daß der Strompreis bei uns genau elfmal so hoch wird wie beim Kraftwerk Frankfurt – das sollst du trotzdem blechen müssen, nein, gerade weil du der Mann unserer Tochter bist!

Der alte Mann malt seine Zahlen mit einer zornigen Entschlossenheit hin. Es ist ihm egal, daß es Krach geben wird, es kann gar nicht genug Krach geben! Er wird auch wieder in den Parkzaun ein Loch machen, daß die Gänse Belindes in die Wicken vom Schwiegersohn gehen können. Belinde beruhigt die Stürme um den Schwiegersohn noch immer. Aber wenn er ihren Gänsen etwas tut, wie er gedroht hat, wird sie die Stürme nicht mehr beruhigen!

Herr Geheimer Ökonomierat Horst-Heinz von Teschow ist in Fahrt. Er ist nun gerade in der rechten Stimmung, den Brief an den Schwiegersohn zu schreiben. Natürlich, wie das zur Sache gehört: kühl, knapp, geschäftlich. (Man soll verwandtschaftliche Gefühle nicht in die Geschäfte mengen!)

Bedaure außerordentlich, aber die immer schwierigeren Verhältnisse auf dem Geldmarkt zwingen mich usw. usw. Anliegend Aufstellung. Mit bestem Gruß Ihr H.-H. von Teschow.

Punktum! Fertig! Abgelöscht!! Den Brief kann der Elias morgen früh als erstes rübertragen. Dann findet ihn der Herr sofort bei seiner Rückkehr aus Berlin. Das wird ihm den Kater, den er bestimmt aus Berlin mitbringt, feste gegen den Strich streichen! […]

> Die Menschen ohne kleine Schwächen
> haben meist einen große Fehler!
>
> *Ein Mann will nach oben*

# Der Nabel der Welt

Onkel Pfeifer – er wurde bei uns nie anders genannt, ich weiß heute noch nicht seinen Vornamen – war kein schlechter Mann, aber er war ein launischer Mann, und das ist fast ebenso schlimm. Er hatte nie Kinder gehabt, er hatte auch keine Vorliebe für Kinder – und das ist fast noch schlimmer. Er war aber auch seit vielen Jahren und Jahrzehnten Notar und Justizrat in dem kleinen Landstädtchen, er kannte alles und alle, er wußte alle Geheimnisse, und so beherrschte er alle – und das war das Allerschlimmste!

Im Grunde habe ich den Eindruck, daß der Onkel Pfeifer – ich habe ihn noch persönlich kennengelernt – gar kein schlimmer Mensch war. Im Grunde ist er wohl sogar eine Mimose gewesen, aber er hat sich sein Leben lang mit Drachenblut ernährt, und eine mit Drachenblut ernährte Mimose ist etwas Fürchterliches! Er war immer beleidigt und verstand nie, daß andere beleidigt sein konnten. Er redete allen in alles hinein – vertrug aber nicht die geringste Einmischung in seine eigenen Angelegenheiten. Er hatte das

Beste, und er wußte alles – aber die andern hatten nichts, wußten nichts, konnten nichts! Er liebte es, sich Späßchen mit andern zu erlauben, und recht derbe oft dazu – war aber ohne allen Humor, wenn nur der kleinste Spaß mit ihm gemacht wurde. Er war nachtragend auf Jahre hinaus – verachtete aber andere, die nicht sofort bereit waren, zu vergeben und zu vergessen. Er hielt die Italiener für ein entartetes Volk, weil sie Tomaten aßen und noch dazu roh! Er war der Ansicht, daß Stiefeletten mit Gummizug die einzige anständige Fußbekleidung für Herren seien – kurz, er war ein Menschenalter hindurch nicht aus seinem verschollenen Städtchen herausgekommen. Er war der Nabel der Welt, leider ein zu Entzündungen neigender Nabel. Und, wie gesagt, eine mit Drachenblut genährte Mimose – ich finde keinen besseren Vergleich.

Und nun wurde er noch Pflegevater von Mutter. Er nahm sie, die damals acht Jahre alt war, bei der Hand und führte die Verschüchterte, Verängstigte, vom Tode ihres Vaters und von der Trennung von Mutter und Geschwistern noch Mitgenommene an der Hand durch die Stadt zu der Höheren Töchterschule von Fräulein Mittenzwey. Er brachte sie während des Unterrichts in die vollbesetzte Klasse und sprach: »Hier habt ihr das kleine Gewackel!«

Dann ging er, sich den Bauch vor Lachen haltend. Meine Mutter freilich lachte nicht, sondern weinte, denn die Klasse begrüßte sie mit Hallo! Diese Neue hatte sofort ihren Spitznamen weg, noch nach Jahren mußte sie oft wegwerfend hören: »Ach, du bist nur das kleine Gewackel!«

Der Onkel ging heim oder auf sein Büro, was weiß ich,

und weil ihm ein Scherz so gut gelungen war, versuchte er es gleich mit einem zweiten. Er hielt ein altes, ihm wohlbekanntes Fräulein an und flüsterte ihm zu: »Fräulein Kirchhoff, die Jacke, die Sie da anhaben, ist aber gestohlen! Die kenn' ich! In zehn Minuten ist sie auf meinem Büro!«

Und er machte, daß er weiterkam, wieder sich vor Lachen schüttelnd. Jetzt begnügte er sich damit, erst einmal hinter jedem jungen weiblichen Wesen zu flüstern: »Fräulein, es blitzt!«, was immer einen kleinen Schreckensschrei zur Folge hatte. Denn damals trugen die Damen noch lange Röcke, die hinten zugemacht wurden. Manchmal sprangen die Knöpfe auf oder waren nicht ordentlich geschlossen, dann »blitzte« der weiße Unterrock durch.

Kurz vor seinem Büro ging der Onkel dann noch in eine Weinhandlung und bestellte auf Rechnung von Herrn Stadtrat Bösicke, zu dem er für diesen Abend eingeladen war, zwanzig Flaschen vom besten Burgunder. Denn Herr Bösicke war bekannt dafür, daß er seinen Gästen nur mäßige Weine zu trinken gab, und der Onkel meinte, der Stadtrat werde ihm dankbar für den Hinweis sein, daß seine Gäste auch Besseres zu schätzen wußten. Aber darin irrte der Onkel …

Dann verschwand Herr Notar Pfeifer auf seinem Büro und herrschte tyrannisch über seine Klienten, die genau das zu tun hatten, was er wollte, sonst führte er ihre Prozesse schlecht. Und er war mit den Klienten böse, wenn sie nicht folgsam waren, und er war mit den Richtern böse, wenn ihr Urteilsspruch anders ausfiel, als er erwartete, und er war mit der Tante böse, wenn Fleisch auf den Tisch kam und er hatte sich auf Fisch gefreut (in der ganzen Stadt gab es an dem Tage keine Fische, aber das war ihm egal, er war doch böse!). Und mit Mutter war er überhaupt immer böse ...

Es war wirklich seltsam, daß dieser Mann bei alledem ein ausgesprochen gutherziger Mann war, er war bloß von einer krankhaften Empfindlichkeit. Er lernte meine Mutter aufrichtig lieben, er tat alles für sie, was man für Kinder tun kann – natürlich nach seinem Kopf! –, aber er war der Alpdruck ihrer ganzen Kinderjahre, er machte ihr das Leben zur Hölle. Mutter hatte immer Angst vor ihm, sie wußte nie, was Onkel übelnahm und was ihm gefallen würde (er wußte es ja selbst nicht!). Sie hatte ein kleines liebebedürftiges Herz, sie sehnte sich nach ihrer immer freundlichen Mutter, nach den Geschwistern – aber schon daß sie sich sehnte, daß sie Heimweh hatte, war schon wieder eine Beleidigung! Der Onkel und sein Haus waren hundertmal besser als die jämmerliche Rübekuhle zu Celle, in der die Großmutter nun wohnte – was hatte sie sich da zu sehnen!

Mutter versuchte es mit Freundinnen – aber das hatte auch bald ein Ende. Mutter sagte: »Onkel, ich bin zu Gustchen Fröbel eingeladen. Darf ich nicht mal ohne Schürze zur Gesellschaft gehen? Alle andern Kinder haben keine um!«

Worauf der Onkel sagte: »Liebes Kind, ich würde es dir ja gerne erlauben, aber es wäre gegen mein Prinzip. Meine Mutter hat auch immer eine Schürze umgehabt – und was soll überhaupt die ganze Besucherei?! Einladen in mein Haus darfst du die Kinder doch nicht. Du bist schon allein laut genug und machst alles kaputt, und überhaupt ist es bei uns am allerschönsten!«

Mutter hätte ja nun die Schürze bei Fröbels heimlich abbinden können, aber das wagte sie nicht. Im Städtchen kam immer alles herum, und außerdem war der Onkel sehr wohl imstande, plötzlich als Revisor auf der Kindergesellschaft zu erscheinen! So ging sie nur selten zu den andern, und bald, als das große Unglück passiert war, hörte es mit allen Besuchen und mit allen Spielen bei andern Kindern überhaupt auf.

Das große Unglück aber kam so: Mutter war in allen Schulfächern die Erste, nur im Turnen war sie ein völliger Versager. Das wußten ihre Mitschülerinnen sehr wohl, und als Mutter bei einer Kindergesellschaft »dran« war beim Pfänderspiel, war für sie ein Stuhl auf den Tisch gestellt und auf den Stuhl noch eine Fußbank. Mutter sollte diesen Turm ersteigen und von seiner Zinne ein Gedicht aufsagen.

Sie klomm mit Zittern und Zagen, sie wußte, es würde schiefgehen, aber konnte sie sich weigern –?! Und schon ging es schief! Mutter stürzte mit ihrem Turm in einen großen Spiegel, der natürlich in Scherben ging. Sie zerschnitt sich das Gesicht, die Kinder schrien schrecklich, Große liefen herbei, hoben Mutter auf. Als sie sie aber näher betrachteten, sahen sie, daß Mutter nicht einmal im Gesicht am schlimmsten verletzt war, sondern daß eine Pulsader am Arm zerschnitten war.

Der Arm wurde notdürftig abgebunden, und es wurde zum Arzt geschickt. Alles zitterte, aber nicht so sehr um das Leben meiner Mutter als vor dem Zorn von Justizrat Pfeifer. Der Arzt – es gab nur einen – war über Land zu einer Geburt, er wurde erst spät zurückerwartet. Da Eile not tat, wurde ein mutiger Assessor ermittelt, der bei mancher Paukerei das Nähen von Schnittwunden gesehen und am eigenen Leibe erlebt hatte. Er nähte Mutters Wunde, mit einer richtigen Nähnadel und mit richtigem Zwirn, von Asepsis keine Spur! Natürlich eiterte jeder Faden prompt heraus, meine Mutter muß einiges an Schmerzen ausgestanden haben!

Aber das war nicht das Schlimmste. Das Schlimmste war der Onkel, der zur Strafe – was hatte die Unselige eigentlich verbrochen? – auf den Glockenschlag ein Vierteljahr lang nicht ein einziges Wort mit ihr sprach! Wie er aber mit den Gastgebern und dem so unbedacht hilfreichen Assessor abrechnete, entzieht sich – gottlob! – meiner Kenntnis! Aber abgerechnet hat er mit ihnen, das ist sicher!

> ... es ist ja wirklich kaum einer,
> der ganz ohne Prickeln
> von den Sünden der andern hört.
>
> *Wolf unter Wölfen*

# Die sündige Geflügelmamsell

Geflügelmamsell Amanda Backs hätte sich gerne, wie so manches Mal schon, von dem Besuch dieser Abendandacht gedrückt – wenn sonst aus den mehr allgemeinen Gründen der Langeweile und des Was-anderes-Vorhabens, so diesmal, weil sie sich sehr genau denken konnte, wohin die Gnädige mit ihren Buß- und Betgedanken zielen würde. Aber die dicke Mamsell und die schwarze Minna ließen Amanda nicht aus den Augen.

Komm, Manding, jetzt helfen wir dir schnell noch die Hühner durchzählen, und dann hilfst du uns, die Pötte scheuern!

Ich versteh immer Bahnhof, sagte Amanda mit der beliebtesten Redensart der Zeit, und das meinte genau das gleiche, was ihre Mutter mit Nachtigall, ich hör dir trappsen! gemeint hatte. [...]

Nein, die Amanda wußte wohl, was ihr in der heutigen Abendandacht bevorstand! Daß ihr aber grade die schwarze Minna als Aufsicht beigegeben war, das empörte sie besonders, und sie erwog einen Augenblick ernstlich, die beiden in den Hühnerstall einzusperren und sich zum Hänsecken zu verdrücken – es wäre ein herrlicher Witz gewesen!

Aber so vorlaut und frech die Amanda auch mit ihrem Mundwerk war, so überlegt und besonnen war sie schließlich in ihren Taten – was eine Geflügelmamsell ja überhaupt sein muß. Denn Geflügel ist das schwierigste Viehzeug von der Welt, zehnmal schwieriger als ein Zirkus voller wilder Tiere, und pariert nur einer besonnenen Natur. Ja, aus dem Fenster Meiers gestern abend, da hatte Amanda in der Rage groß angegeben und hatte der Gnädigen mit Fortzug drohen können – aber am Ende hatte sie doch (der Menschen Herzen sind alle wunderlich) ihr kleines, wulstlippiges Hänsecken aufrichtig lieb, und der Garten Eden selbst wäre ihr öde erschienen ohne ihren Negermeier.

So schlug sie die Tür vom Hühnerstall nicht zu – sie jagte nur die beiden ungeflügelten Hühner hinaus und brachte mit Putt und Schnutt ihr Volk zur Ruhe und zählte die Häupter und fand, daß ihr nicht eins abging. Dann sagte sie ganz unmißverständlich: So, ihr Hühner, und nun, wo ihr mir so mächtig geholfen habt, will ich euch eure Pötte schrubben.

Gott, Mandchen, stöhnte die dicke Mamsell und krachte mit ihrem Fischbeinkorsett, wenn man nicht wüßte, daß du bloß Spaß machst ...

Und woher weißt du denn das?! fragte Amanda Backs sehr kriegerisch, und kriegerisch ging sie zwischen den beiden Verstummten, kriegerisch wippte sie in ihrem kurzen Röckchen.

Denn sie war blutjung, und die bitteren Jahre ihrer Kindheit hatten ihr nichts von dem Lebensappetit und der Frische ihrer Jugend rauben können, und Jungsein machte ihr Spaß, und Krieg machte ihr Spaß, und Liebe machte ihr Spaß – und wenn die Gnädige sich einbildete, sie könnte ihr mit Singen und Beten diesen Spaß austreiben, so hatte da eine Uhl gesessen!

Solche Gedanken wie die Amandas mögen ganz gut über das Schrubben auch des verrußtesten Topfes hinweghelfen, für eine Abendandacht im Neuloher Schloß waren sie nicht richtig. Da saßen sie nun schon eine ganze Weile, die gewohnte Schar, eine recht stattliche Schar. Denn die Gnädige hielt nicht nur darauf, daß alle, die bei ihr in Lohn und Brot standen, mit Kind und Kegel zu diesen Andachten kamen, sondern auch jeder aus dem Dorf, der im Winter mal ein paar Meter Holz umsonst haben, der im Sommer in der Teschowschen Forst Beeren und Pilze sammeln wollte, mußte sich an manchem Abend das Anrecht darauf ersitzen. Der alte Pastor Lehnich hatte am Sonntag oft nicht so viel Pfarrkinder in der Kirche wie die gnädige Frau Abend für Abend in ihrem Betsaal.

Und du, Amanda? hatte Frau von Teschow gefragt, und Amanda war aus ihren sündigen Gedanken hochgefahren, hatte um sich gestarrt und von nichts was gewußt. Die Gänschen auf der hintern Bank, die Vierzehn-, Fünfzehnjährigen, die über alles lachten, hatten natürlich gleich zu gniggern angefangen. Die Gnädige aber hatte ganz milde noch einmal gefragt: Und dein Vers, Amanda?

Ach ja, sie machten ›Reihum-Singen‹! Dabei hatte jeder

einen Vers aus dem Gesangbuch zu nennen, den sie dann alle gemeinsam sangen. Das ging oft wild durcheinander mit Abendliedern, Sterbeliedern, Lobliedern, Buß- und Kreuzliedern, Jesusliedern und Taufliedern. Es machte aber allen meistens Spaß und brachte Fahrt in die verschlafene Abend-Langeweile. Selbst die gnädige Frau bekam rote Bäckchen an ihrem Harmonium, so rasch mußte sie in ihrem Notenbuch umblättern und so flink von einer Melodie in die andere springen.

Befiehl du deine Wege ... rief Amanda rasch, ehe noch aus dem Gniggern ein Lachen wurde.

Die gnädige Frau nickte: Ja, das solltest du tun, Amanda!

Amanda aber biß sich auf die Lippen, daß sie gerade so einen Liedanfang genannt und es der Gnädigen so leicht gemacht hatte. Sie war ein bißchen rot, als sie sich setzte.

Aber es gab wenigstens keine Pause, denn dieses Lied kannte Frau von Teschow aus dem Kopf. Gleich setzte das Harmonium ein, und gleich sangen alle. Und nun kam die schwarze Minna neben Amanda dran, und die Scheinheilige wählte natürlich wieder: Aus tiefer Not schrei ich zu dir ...

Und schon sangen sie wieder.

Amanda Backs aber erlaubte sich nun keine Träume mehr, sondern sie saß aufrecht da und wachsam, denn sie wollte sich nicht noch einmal auslachen lassen. Eine ganze Weile geschah gar nichts. Es wurde immer weitergesungen – zuletzt ohne jeden Schwung, weil es den Leuten langweilig wurde und weil auch die müde Gnädige auf dem Harmonium immer häufiger daneben griff und aus dem Takt geriet.

Dann fing das Harmonium an, seltsam zu pfeifen, zu flöten und zu ächzen, die Gänschen auf der hinteren Bank gniggerten wieder, und Frau von Teschow wurde rot, bis sie ihr Instrument von neuem an die Kandare genommen hatte.

›Sie wird müde‹, dachte Amanda. ›Viel ist sie ja überhaupt nicht mehr. Vielleicht ist ihr jetzt schon die Lust vergangen, ein langes Gequatsche um die Geschichte zu machen, und ich komme rasch zu meinem Hänsecken!‹

Aber davon hatte Amanda Backs keine Ahnung, wie warm eine alte Frau die Sünden der andern machen können, wie sie wieder aufleben kann unter den Fehltritten ihrer Schwestern. Einen Augenblick lang sah es freilich so aus, als wollte die gnädige Frau Schluß machen. Aber dann besann sie sich. Sie trat vor ihre kleine Gemeinde, räusperte sich und sagte ein bißchen eilig und ein bißchen verlegen: Ja, liebe Kinder, nun könnten wir wohl unser Schlußgebet sprechen und jedes von uns ruhig nach Hause und schlafen gehen, in dem guten Bewußtsein, daß wir unsern Tag recht beschlossen haben. Aber haben wir das wirklich –?

Die kleine, alte Frau sah von einem Gesicht zum andern, ihre Verlegenheit war schon wieder verflogen. Sie hatte auch schon die Regungen ihres bösen Gewissens unterdrückt, das ihr sagte, sie habe etwas vor, was ihr streng untersagt worden war.

Ja, haben wir das wirklich –? Wenn wir nach Neulohe sehen, und nun gar nach Altlohe, wo sie womöglich noch in der Schenke sitzen, da können wir wohl mit uns zufrieden sein. Aber wenn wir in uns schauen, wie steht es dann mit uns –? Wir Menschen sind schwach, und jeder von uns sündigt jeden Tag. Da ist es gut, wir bekennen es immer wieder einmal öffentlich, und sagen vor unsern versammelten Mitchristen, was wir gesündigt haben. Nur die Sünden von einem Tag – und ich selbst will den Anfang machen ...

Damit kniete die alte Frau von Teschow schnell hin, und schon bereitete sie sich mit stillem Beten auf ihr lautes Sündenbekenntnis vor. Durch ihre Schäflein aber ging eine kaum unterdrückte Bewegung, denn es war nicht eins darunter, das nicht wußte, Herr Pastor Lehnich und sogar der Herr Superintendent in Frankfurt hatten der gnädigen Frau das öffentliche Sündenbekennen streng untersagt. Denn es sei ganz wider Christi und Lutheri Geist und rieche nach Heilsarmee, Baptistentum und vor allem nach der verwerflichen Ohrenbeichte der katholischen Kirche!

Wenn aber keiner von den Versammelten aufstand und zum Protest hinausging – und das alte Fräulein von Kuckhoff oder der Diener Elias waren die Leute, das ungescheut zu tun –, so war es eben doch, weil einer wie der andere gespannt war, zu hören, was kommen würde. Denn es ist ja wirklich kaum einer, der ganz ohne Prickeln von den Sünden der andern hört. Jeder hoffte, ihn werde es nicht treffen hinter der gnädigen Frau, und jeder überschlug schnell bei sich die Sünden der letzten Zeit, heimliche und an den Tag geratene, und meinte, so schlimm werde es mit ihm wohl nicht werden.

Die eine aber, die wußte, sie werde bestimmt unter den zweien oder dreien sein, die nachher von der Frau von Teschow aufgerufen wurden, und die wußte, diese ganze Übertretung pastörlicher und superintendentlicher Verbote geschah nur um ihretwillen – die eine saß steif und starr da und ließ es sich nicht anmerken. Unmutig und ärgerlich hörte sie auf das Gestammel der alten Frau, die sehr aufgeregt sein mußte, denn sie warf alles durcheinander und immer wieder fuhr ihr der Hickauf in der Kehle hoch, daß alles ohne die große Spannung gelacht haben würde. Sie zählte aber als ihre Sünden auf, daß sie den schlechten Roman in der Zeitung doch wieder gelesen habe – Hickup! – und daß sie ungeduldig gegen ihren lieben Mann – Hickup! – gewesen sei und ihn ›unhöflich‹ genannt habe – Hickup! Hickup –, und daß sie doch wieder Margarine unter die Butter für die Dienstboten habe kneten lassen ... Hickup!

Amanda Backs hörte sich das an und zog einen ungeduldigen, ärgerlichen, abweisenden Flunsch. Da saßen die Leute und hörten auf dies alberne Gestammel, zehnmal gespannter, als sie auf Gottes Wort gehört hatten, und es war doch alles nur Lüge! Das Richtige sagte die gnädige Frau auch nicht, so fromm tat sie. Das mit der Margarine hatten sie alle geschmeckt, das mußte ihnen nicht erst erzählt werden. Das mit dem Roman war Quatsch, und wie oft sie sich mit ›ihrem lieben Mann‹ zankte, das wußte jedes hier im Hause. Alles Augenverblendung und Hudelei! Sie sollte man lieber öffentlich gestehen, daß sie dies ganze Theater nur darum angestellt hatte, um ihr, der Amanda Backs, eins auszuwischen – das wäre eine richtige Sündenbeichte gewesen! Aber daran dachte sie gar nicht!

Trotzdem – die Mamsell hatte vor Aufregung wirklich knallrote Backen bekommen und schnaufte aus ihrer dicken Brust wie ein Dampfkessel, und das Fischbein krachte um sie. Und Minna hatte dumm und dösig das Maul so weit aufgesperrt, als erwarte sie gebratene Hühner!

Auch Amanda Backs bekam rote Backen, aber nicht vor Aufregung und Scham, sondern vor Trotz und Zorn. Jetzt fing die gnädige Frau in ihrer Schamlosigkeit wirklich an, von dem gestrigen Abend zu reden, daß sie ein Mädchen überrascht habe – ach, leider ein Mädchen aus diesem Hause! –, daß sie es überrascht habe, wie es im Dunkeln zu einem Mann ins Zimmer stieg –! (Hickup!)

Es ging ein förmlicher Ruck durch die ganze Versammlung, und Amanda sah, wie die Gesichter dumm und starr wurden vor lauter Staunen und Erwartung: jetzt kommt es!

Aber es kam noch nicht, sondern nun klagte sich die gnädige Frau, unterbrochen von manchem Schlucker, an, daß sie den Zorn über sich habe Herr werden lassen und das Mädchen hitzig gescholten und ihm mit Entlassung gedroht habe, statt zu bedenken, daß wir allzumal Sünder sind und daß auch dieses irrende Schaf mit Geduld in des Hirten Stall geführt werden müsse. Reuig bekannte sie, daß sie ihre Pflicht versäumt habe, denn dies junge Mädchen sei ihrer Obhut anvertraut gewesen, und sie bat, daß ER sie stärken möge mit Langmut und Geduld im Kampf gegen das Böse ...

Völlig verächtlich und sehr zornig hörte sich Amanda dies Gerede an, und wenn sie erst einen Entschluß gefaßt hatte, so faßte sie jetzt einen andern. Und kaum hatte Frau von Teschow das letzte Amen gesagt und war aufgestanden und hatte noch nicht einmal die Zeit gehabt, mit Wort und Finger den nächsten zu bezeichnen, der auf dem Buß- und Betbänkchen niederknien sollte – da erhob sich schon Amanda mit hochroten Backen, aber mit Augen, die ganz dunkel waren vor Zorn, und sie sagte, die gnädige Frau brauche sich nicht zu bemühen, sie wisse schon, wer mit all diesem Gerede gemeint sei, und da stehe sie nun also und ob die gnädige Frau nun zufrieden sei –?!!

Nach diesen Worten aber fuhr die Amanda Backs herum wie eine wahre Furie und giftete die schwarze Minna an, die mit ihren Händen am Rücken der Amanda schob und drückte, daß sie auch richtig nach vorn vor die Gemeinde trete: Willst du wohl deine Dreckpfoten von meinem sauberen Kleid nehmen?! Ich lasse mich nicht nach vorn schieben – und von dir schon gar nicht! Und mit dem lieben Gott und mit Reue und Buße hat dies Theater schon gar nichts zu tun!

Mit diesem zornigen Anpfiff hatte Amanda ihre Gegnerin, die schwarze Minna, klein, und jetzt wandte sie sich wieder an die Versammlung und sagte (denn nun war sie in Fahrt): Jawohl, sie sei die, die gestern abend in ein Fenster geklettert sei, und damit sie auch haarklein wüßten – es sei das Fenster im Beamtenhaus gewesen, das vom Inspektor Meier! Und sie schäme sich deswegen gar nicht, und sie könne auf mindestens zehn hier in der Versammlung zeigen, die in noch ganz andere Fenster stiegen, zu noch ganz andern Kerlen –!!!

Und damit hob sie den Finger und fuhr mit ihm auf die schwarze Minna zu, die sich kreischend auf ihrer Bank niederduckte. Und Amanda hob wiederum den Finger, aber ehe sie noch damit gezeigt hatte, stürzte die Bank hinten in der dunklen Ecke um, auf der die Gänsecken saßen, die es alle übermäßig eilig mit dem Sichverstecken und Unterducken hatten.

Da fing Amanda Backs an zu lachen (und leider, leider lachte ein ganz Teil Leute mit), aber unversehens wurde bei ihr ein Weinen aus dem Lachen. Wütend rief sie: Einen anständigen Lohn sollten Sie lieber zahlen!

Und damit rannte sie haltlos weinend aus dem Saal in den dunklen Park. –

Im Saal aber war nicht nur die Bank umgestürzt, sondern der alten gnädigen Frau war auch viel eingestürzt. Zitternd und erbärmlich schluchzend saß sie in ihrem Sessel, und diesmal stand sogar ihre alte Freundin Jutta von Kuckhoff erbarmungslos vor ihr und sagte streng: Siehst du, Belinde, wer Pech anfaßt, besudelt sich!

Die Leute aber machten, daß sie aus dem Betsaal kamen. Jetzt sahen sie freilich sehr still und fast betreten aus, aber es war leider kein Zweifel, daß sie bis in ihr Daheim die Sprache wiederfinden würden. Über wen es dann aber hergehen würde, das konnte auch nicht zweifelhaft sein – die Amanda Backs war es sicher nicht, denn sie war als Siegerin aus dem Gefecht hervorgegangen!

> Na ja, jeder Mensch macht wieda
> dieselben Dußlichkeiten,
> dafür is jesorcht,
> dat die nicht alle wer'n ...
>
> *Wolf unter Wölfen*

# Das biblische Wettgebären

Und nun lese ich die Bibel ... Kinder, Kinder, was sind das für Geschichten! Sehr viel von Moral und Ethik haben diese alten Heiden entschieden nicht gehabt! Sie beschupsen und bestehlen einander ununterbrochen, und wenn sie grade Lieblinge des Lieben Gottes sind, billigt der das vollauf. Dieser Liebe GOTT ist ein sehr eintöniger Alter Herr. Er verheißt immer wieder Länder und Samenvermehrung, sie müssen ihm nur feste opfern, und seine Gläubigen kennen ihn auch recht gut: Sie versprechen ihm, fest an ihn zu glauben, wenn er ihnen den oder jenen Wunsch erfüllt, genau wie wir es auf der Penne machten, wenn wir über den Ausfall einer Arbeit uns sorgten.

Zufällig fiel mir über dem Lesen der Golddruck des Buchrückens ein: »Die Heilige Schrift«. Ihr lieben Leute, alles, alles sehr interessant, manches sehr amüsant, vieles auch einfach schön, aber heilig? Heilig? Nee, ich glaube doch nicht.

Am gossenhaftesten ist entschieden das Wettgebären zwischen den beiden Frauen Jakobs. Ich setze es hierher, nur wenig gekürzt, aber kein Wort verändert:

1. Mose 29.31–30.24

Da aber der Herr sah, daß Lea unwert war, machte er sie fruchtbar; Rahel aber war unfruchtbar. Und Lea ward schwanger und gebar einen Sohn; den hieß sie Ruben. Und ward abermals schwanger und gebar einen Sohn. Und hieß ihn Simeon. Abermals ward sie schwanger und gebar einen Sohn und hieß ihn Levi. Zum vierten ward sie schwanger und gebar einen Sohn und hieß ihn Juda. Und hörte auf, Kinder zu gebären.

Da Rahel sah, daß sie dem Jakob kein Kind gebar, beneidete sie ihre Schwester und sprach zu Jakob: Siehe, da ist meine Magd Bilha; gehe zu ihr, daß sie auf meinen Schoß gebäre. Und sie gab ihm also Bilha, ihre Magd, zum Weibe, und Jakob ging zu ihr. Also ward Bilha schwanger und gebar Jakob einen Sohn. Den hieß sie Dan. Abermals ward Bilha, Rahels Magd, schwanger und gebar Jakob den andern Sohn.

Da sprach Rahel: Gott hat es gewandt mit mir und meiner Schwester, und ich werde es ihr zuvortun. Und hieß ihn Naphthali.

Da nun Lea sah, daß sie aufgehört hatte zu gebären, nahm sie ihre Magd Silpa und gab sie Jakob zum Weibe. Also gebar Silpa, Leas Magd, Jakob einen Sohn. Da sprach Lea: Rüstig! Und hieß ihn Gad. Darnach gebar Silpa, Leas Magd, Jakob den andern Sohn. Und Lea hieß ihn Asser.

Ruben ging aus zur Zeit der Weizenernte und fand Dudaim-Beeren auf dem Felde und brachte sie heim seiner Mutter Lea. Da sprach Rahel zu Lea: Gib mir von den Dudaim deines Sohnes einen Teil.

Sie antwortete: Hast du nicht genug, daß du mir meinen Mann genommen hast, und willst auch die Dudaim meines Sohnes nehmen? Rahel sprach: Wohlan, laß ihn diese Nacht bei dir schlafen um die Dudaim deines Sohnes.

Da nun Jakob des Abends vom Felde kam, ging ihm Lea hinaus entgegen und sprach: Zu mir sollst du kommen; denn ich habe dich erkauft um die Dudaim meines Sohnes. Und er schlief die Nacht bei ihr.

Und Gott erhörte Lea, und sie ward schwanger und gebar Jakob den fünften Sohn und sprach: Gott hat mir gelohnet, daß ich meine Magd meinem Manne gegeben habe. Und hieß ihn Isaschar.

Abermals ward Lea schwanger und gebar Jakob den sechsten Sohn und hieß ihn Sebulon. Darnach gebar sie eine Tochter, die hieß sie Dina.

Gott gedachte aber an Rahel und erhörte sie und machte sie fruchtbar. Da ward sie schwanger und gebar einen Sohn und sprach: Gott hat meine Schmach von mir genommen.

Und hieß ihn Joseph und sprach: Der Herr wolle mir noch einen Sohn dazugeben! –

Schön, was?

## *Ja, das ist ein weites Feld*

… bei uns daheim sagt man:
Wer lange hustet, lebt lange.
*Der Eiserne Gustav*

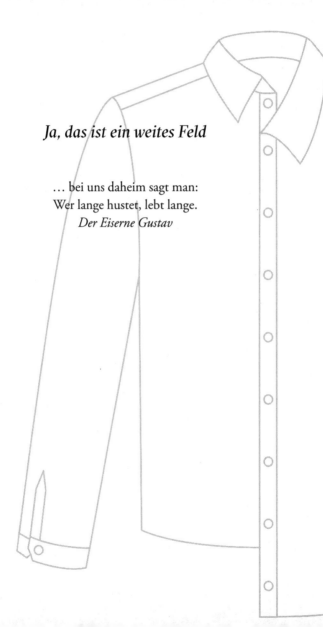

... jeder so doof, wie er kann ...
*Wolf unter Wölfen*


# Bauernkäuze auf dem Finanzamt

Wenn ein Städter, ein Kaufmann, ein Gewerbetreibender, ein Handwerker was mit dem Finanzamt hat, so setzt er sich hin und schreibt eine Eingabe, ein Gesuch oder eine Beschwerde, er schreibt. Der Bauer ist nie fürs Schreiben gewesen, und alle Behörden der Kriegs- und Nachkriegszeit haben ihn nicht von dieser Antipathie heilen können. Ich hatte einen Chef auf dem Lande, einen ganz stattlichen Gutsbesitzer und nicht unbelesenen Mann, bei dem war strengstens verboten, am Freitag eine Feder anzurühren. »Vom Schreiben kommt überhaupt alles Übel«, verkündete er. »Haben Sie schon mal einen Menschen gesehen, dem am Freitag Schreiben Glück gebracht hat?« Mir fiel keiner ein. »Sehen Sie!« sagte er triumphierend und schloß sicherheitshalber die Tinte ein und die Schreibmaschine ab. »Früher besorgten das Schreiben überhaupt nur Knechte.«

Zu diesem Gutsbesitzer kam einmal ein Beamter vom Finanzamt und wollte zuviel gezahlte Steuern erstatten. (Auch so was gab es einmal, lang ist es her.) Aber es war ein Freitag, und deswegen war keine Unterschrift zu kriegen. Am Sonnabend war Löhnung, und das Finanzamt war weit, Geld war knapp, aber Unterschrift – nein! »Gehen Sie lieber gleich runter von meinem Hof«, meinte der Chef bedenklich. »Sie haben da so einen Bleistift hinterm Ohr; mir wird schon schlecht, wenn ich das sehe. Das bringt kein Glück.«

Das sind nun freilich zwei Welten, und wenn die richtig zusammenstoßen, gibt's Feuer und Brand. Nicht immer geht es so gelinde ab wie damals, als dieser Herr über zweihundert Tonnen Land seinen in der Inflationszeit erstandenen Motorpflug verhökerte. Er hatte ihn im Kreisblättchen inseriert, der Motorpflug war verkauft, bezahlt, das Geld dort, wo der Schnee vom vorigen Jahr ist, da kam ein Brief vom Finanzamt (auch dort liest man Zeitungen): »In Ihrer Umsatzsteueranmeldung usw. fehlt der inserierte *Motor*pflug usw.« – »Legen Sie's zum andern«, meinte mein Chef. Ich legte es auf das, was der Komposthaufen hieß. Dann verging Zeit, und dann kam ein neuer Brief vom Finanzamt: »1. Um Erledigung unseres Schreibens wegen Umsatzsteueranmeldung für Ihren *Dampf*pflug binnen einer Woche wird ersucht. 2. Im Behinderungsfalle sind die Gründe anzugeben.« – »Schreiben Sie«, sagte mein Chef: »An das Finanzamt in Altholm. Erstens. Einen Dampfpflug habe ich nie besessen. Zweitens siehe erstens. Mit vorzüglicher Hochachtung ...« Das Finanzamt hat sich nie wieder gemeldet.

Aber diese neckischen Arabesken sind selten: Der Mann war ein Gutsbesitzer und hatte Witz, ein kleiner Bauer sieht nur den Beamten und weiß sich keine Hilfe. Die ganz Unbedarften machen es wie jener Rüganer Bauer, der – nebenbei: siebzehn Kilometer Landweg – mit einer Fuhre Kohl vor dem Finanzamt vorgefahren kam und seine fällige Steuer in schönen Weißkohlköpfen entrichten wollte. »Vom Händler kriege ich doch nur sechzig Pfennig, und im Kreisblatt steht: behördliche Notierung eins zehn. Sie sind doch auch Behörde!« Da kann ein Beamter mit Engelszungen reden, dem Bauern will das nicht in den Schädel. Der Mann saß fest auf dem Finanzamt, und alle halbe Stunde stand er auf und erniedrigte mit Seufzen sein Gebot. Als das Amt fürs Publikum geschlossen wurde, war er auf fünfundsechzig. Es war sicher ein schönes Angebot und guter Weißkohl, und er hatte Groll, daß man aus reinem Unverstand nicht darauf einging.

Dabei fällt mir ein – das ist aber noch eine Geschichte aus der Inflationszeit –, daß mal ein Gutsbesitzer seiner Frau einen Blaufuchs gekauft hatte. Der brave Rechnungsführer, der die Bücher führte, hatte den Blaufuchs leider aufs Pferdekonto als Zugang verbucht. Und als es nun einmal zum Klappen kam und die Bestände nachgeprüft wurden, fehlte ein Gaul im Stall. Er mußte doch da sein, er war als Zugang gebucht, und der Besitzer geriet in argen Verdacht, das Pferd schwarz verkauft zu haben, bis der Blaufuchs aus dem Kleiderschrank und der Beleg aus dem Ordner erschien.

Der Bauer hat es heute sicher schwer, sehr schwer, aber ich weiß nicht, ich glaube beinahe, der Vollstreckungsbeamte vom Finanzamt hat es noch schwerer. Ich will nicht von seiner Überlastung reden, von den schlimmen Wegen von Hof zu Hof, von den Hunden, die immer los sind, wenn er kommt, von den feindseligen Mienen, dem Murren, den Drohungen. Er ist ja nur ein Beamter, er hat die Steuern nicht verfügt, die er eintreiben muß, er weiß nicht, wie sie berechnet werden und warum sie so berechnet werden. Er muß pfänden. Und schließlich kommt es zur Versteigerung.

Ich habe eine solche Versteigerung miterlebt, ich werde sie nicht vergessen. Es war ein ganz kleiner Hof, fünfundzwanzig Tonnen, also fünfzig Morgen, und es hatten sich eine Menge Bieter eingefunden. Der Versteigerer war da, und seine Gehilfen waren da, und jetzt sollte es losgehen. Aber da stand ein Haufen Bauern in der Ecke, gar nicht so sehr viel, aber es war doch wohl das ganze Dorf. Sie standen still, etwas weiter ab, auf einem Hümpel, und die Kauflustigen standen auch auf einem Hümpel. Dann wurde das erste Stück ausgeboten, es war ein Ackerwagen. Und das erste Gebot kam. Und in demselben Augenblick, da der kleine Kossät, zehn Dörfer weiter, sein »Zwanzig Mark« gerufen hatte, war es wie ein Brausen, ein Murren, ein fernes Donnerrollen. Die Bauern standen still, sie bewegten die Lippen nicht, es läßt sich auch mit geschlossenem Munde murren.

Es waren Landjäger auf dem Hof, es waren mehr Bieter als Dorfbauern, es kamen auch noch zwei, drei schüchterne Gebote, und dann kam nichts mehr. Der Zuschlag wurde erteilt, damit nur ein Zuschlag erteilt wurde, aber der Höchstbieter war plötzlich verschwunden, untergetaucht, wollte es nicht gewesen sein. Es kam zu keiner Auktion. Der Hof ist natürlich doch versteigert worden, das Inventar wurde über Land gebracht, in andern Bezirken verkauft, am Hof blieb ein Hypothekenbesitzer hängen.

Aber ich seh die Bauern da noch stehen und mit geschlossenem Munde murren.

Ich denke, daß dieser Krieg jeden Tag in Gang ist, jetzt, da ich dies schreibe, auch, und dann, da es gelesen wird, auch. Es ist nicht leicht, einen Hof zu verlieren, auf dem schon der Urahn gesessen hat, aber es ist auch nicht leicht, jemanden, der einem nichts getan hat, von solchem Hof zu vertreiben. Beides ist schwer, und wenn man nach »Schuld« gefragt wird – immer wird man gefragt: Wer ist denn nun eigentlich schuld? –, so kann man nur mit dem alten Briest antworten: »Ja, das ist ein weites Feld.«

... es ist eine herrliche Sache,
schlauer zu sein als die andern
und sie reinzulegen!

*Wolf unter Wölfen*


# Wie Herr Tiedemann
# einem das Mausen abgewöhnte

Auf dem Lande hatte ich einmal einen Chef, dem saßen im Kopf mehr Grappen als einem durchschnittlichen Hofhund in seinem Fell Flöhe. Zu diesen seinen Grappen gehörte es auch, daß er auf seinem Hof keine Polizei sehen konnte. Nun ist ja auf dem Lande so einiges an Diebereien fällig: Da fehlt ein Sack Hafer, das Schrot schmilzt dahin wie Schnee im April, aber Hannes Tiedemann sagte: »Das erledige ich schon selbst. Dazu braucht mir kein Grüner auf den Hof zu kommen.«

Und er erledigte es selbst, der wackere Tiedemann, und wie er seine kleinen Hof-, Feld-, Wald- und Wiesendiebe erledigte! Das beste dabei war, daß auch die Herren von der langen Hand nach dem anfänglichen Ärger selbst grinsten. »Und sie gingen dahin und sündigten dergleichen nicht mehr.«

Oder sündigten auch wieder, Menschen bleiben Menschen, und ein Hofegänger, der eine Ziege hat, wird nicht einsehen, warum die im Winter hungern soll, wenn der Tiedemann den ganzen Boden voll Heu hat. Und dann wurden sie wieder erwischt, eines Tages wurden sie immer erwischt, und dann wurden sie darüber belehrt, daß Tiedemann schlauer war als sie – darauf liefen diese Belehrungen immer hinaus. Aber wie diese Belehrungen erfolgten, das waren die Grappen von Tiedemann, das burrte in seinem Kopf wie die Brummer in der Milchkammer, wenn das Fräulein Meieristin im Sommer das Fenster offengelassen hat.

Da wuchs uns auf unserm Hof ein junger sächsischer Knabe heran, Albin Fleischer hieß er, in den Zwanzigern, und seines Zeichens war er ein Schweizer, das heißt, er melkte die Kühe. Das heißt ganz genau, er melkte sie nur dann und wann, wenn ihm grade der Staat dafür Zeit ließ, der schon früh durch eine ausgedehnte Fürsorgeerziehung in Albin Fleischer den Grund zu mancherlei Kenntnissen und Fertigkeiten gelegt hatte.

Und als die Betätigung dieser Fertigkeiten Albin wieder einmal eine längere staatliche Pension eingetragen hatte und als dann seine Zeit um war und er wieder hinausgelassen werden sollte, da sagten die im Zentralgefängnis Altholm: »Ja, wohin mit ihm? Lassen wir ihn so laufen, dann klaut er doch gleich wieder.« Und da Hannes Tiedemann großen Ruf im Lande Pommern genoß, so schrieben sie einfach auf den Entlassungsschein: »Arbeit als Stallschweizer bei Herrn Gutsbesitzer Johannes Tiedemann in Fern-Varnkewitz.«

Da stand er nun an einem gänzlich verregneten Tage triefend naß bei uns im Büro. Wir machten seine Bekanntschaft, und er erklärte uns im schönsten Sächsisch: »Heern Se, ich soll hier de Giehe mälgen.«

Tiedemann besah sich dieses Bündel Menschenwerk und sprach: »Da stripp du man de Käuh!«

Und von Stund an war Albin Fleischer bei uns Stallschweizer.

Eine Weile ging es auch ganz gut. Vor seiner letzten Strafe hatte er wirklich eine recht häßliche Dieberei gemacht: einem Arbeitskollegen das Fahrrad und den einzigen Sonntagsanzug geklaut und versoffen. Da hatten, ehe der Landjäger ihn mitnahm, seine Kollegen den Albin nach Strich und Faden vertrimmt, sie hatten ihm eine hübsche Wucht gegeben, abgerieben hatten sie ihn, der hatte Keile, Dresche und Senge, alles in einem, bezogen, und das saß ihm immer noch in den Knochen. Wie gesagt, eine ganze Weile ging es mit ihm bei uns gut, aber dann trat die Liebe dazu, zu einer Kätnertochter Mathilde im Dorf, und nun wurde es schlimm. Da sagte Hannes Tiedemann ...

Aber ich merke leider, mit Albin Fleischer habe ich das falsche Ende meiner Geschichte zu fassen bekommen, und ich muß gewissermaßen noch einmal von vorne anfangen.

Frau Tiedemann war eine kleine fixe Frau. Sie flitzte in der Meierei und im Geflügelstall herum wie ein Wiesel und war stolz auf ihren Kram. Sie kannte jedes Huhn und wußte, wann es dran war mit Eierlegen, und Eierverlegen in Scheunen oder hinter Steinhaufen oder gar, wie es auf manchen Höfen schon passiert sein soll, aufs Klo, das gab es bei ihr nicht. Aber ihr Stolz waren ihre Gänse, die Gans ist ja in Pommern, und zumal in Hinterpommern, noch so etwas wie ein heiliger Vogel, den Gänsen gehörte ihr ganzes Herz.

Und über diese Gänse wurde sie eines Tages schwermütig, denn es war Frühjahr, und sie mußten eigentlich Eier legen. Bei den Gänsen ist es ja nicht so wie bei den Hühnern, die Hühner legen immerzu, das ganze Jahr, mal ein bißchen mehr und mal ein bißchen weniger. Die Gans aber ist ein vornehmes Tier, der Besitzgier des Menschen macht sie keine Konzessionen, sie legt ihr Quantum im Frühjahr, grad genug zur Erhaltung der Art, die brütet sie aus, und Schluß damit.

Frau Tiedemann grübelte sich in einen tiefen Kummer hinein: Was war los mit ihren Gänsen? Sie legten und sie legten nicht. Die Ganter hatten ihre Schuldigkeit bei den Damen getan, das hatte Frau Tiedemann selber ein paarmal gesehen, und nun kamen keine Eier? Wieso kamen keine Eier? Lag es am Futter? Hatten sie zu wenig Kalk?

Und eines Tages sagte sie aufgeregt zu ihrem Hannes: »Du, Hannes, die Weiße mit dem grauen Stutz hat heute bestimmt gelegt. Ich hab's ihr gleich am frühen Morgen angesehen, die hat was. Richtig, sie geht in den Stall. Ich warte noch 'ne Weile, weil ich sie nicht stören will. Dann hör ich sie schimpfen, ich geh rein, sie hat gelegt, aber kein Ei ist da. Sie schimpft, einer hat es ihr geklaut, daß so ein armes Biest keine Sprache hat. Diese Räuber ...«

Und sie sah drohend über den Hof.

Tiedemann bemerkt: »Da bist du selbst dran schuld, meine Mäten. Hundertmal hab ich dir gesagt: Mach deinen Hühnerstall dicht. Aber da steht ja alles offen.«

»Alles ist dicht«, protestiert sie.

»Alles ist offen«, sagt Hannes Tiedemann. »Vergangenen Donnerstag, als die Klütensuppe angebrannt war, bin ich selber drin gewesen und hab vier Hühnereier ausgetrunken.«

»Du bist das gewesen!« schreit sie. Aber er ist schon weg.

Nun bekommt der Stellmacher zu tun, Drahtgeflecht wird gekauft, enges, engeres, ganz enges. »Die Hühner gehen in den Safe«, sagt Tiedemann nun.

Aber es hilft alles nichts, es bleibt Baisse in Gänseeiern. Frau Tiedemann lebt unter immer stärkerem Druck, sie schläft nicht mehr, als Nachtgespenst durchirrt sie den Hof, sie fängt an, vom Fleisch zu fallen. Eines Tages explodiert sie, sie bestellt den Landjäger. Sie bestellt ganz einfach den Landjäger, und sie sagt es Tiedemann.

Tiedemann ist baff. Aber er sammelt sich. »So ein Grüner kommt mir nicht auf meinen Hof. Den bestell man wieder ab.«

Sie protestiert: »Wo die andern schon alle ihre Gänse auf den Eiern sitzen haben! Und ich soll ... Was nimmst du ewig solch pollackisches Gesindel auf den Hof.«

»Pollacken sind augenblicklich grade nicht da. Alles gute Pommern«, sagt er und wird plötzlich nachdenksam und bricht ab. Nach einer Weile wieder: »Also, den Grünen bestellst du ab. Du kriegst deine Gänseeier wieder.«

»Aber ...«

Der langen Rede kurzer Sinn: sie bestellt ab.

Tiedemann geht über den Hof in den Geflügelstall, keine Schleichwege, kein Hühnereier-Austrinken, er hat ganz ordentlich die Schlüssel bei sich. Saubere Arbeit muß man sagen, der Stellmacher hat gut gewerkt, dicht ist das. Aber noch sauberer hat der andere gewirtschaftet, mit einer haarscharfen Zange das Drahtgeflecht durchgeknipst und so hübsch wieder hingebogen, da braucht man eine Lupe, um das zu sehen. Tiedemann pfeift tiefsinnig, als er die Schlüssel wieder abliefert. »Alles in Butter, Mutting«, sagt er.

»Aber ...«, sagt sie.

Aber Tiedemann ist schon weg.

Tiedemann zieht es in den Kuhstall, Tiedemann geht in den Kuhstall. Dort ist es vormittäglich still und friedlich. Die Schweizer sind nicht da, sind beim Futterholen, die Kühe stehen und liegen, wie es ihnen Spaß macht, sie käuen wieder, oder sie ziehen noch ein paar Halme durchs Maul. Sie sehen dabei einander an, immer zehn Stück reihauf, reihab schauen einander an, zwischen ihnen läuft der Futtergang. Der hinterste Futtergang an der Mauer ist nicht benutzt, der Stall ist nicht voll besetzt. Dort haben die Schweizer ein paar Ballen Streustroh liegen, alte Futterkrippen, der Rübenschneider steht dort, lauter Schurrmurr.

Tiedemann ist tiefsinnig. Er geht gangauf, gangab, manche Kühe sagen Muh, manche kauen nur, der Oberschweizer muß mal wieder gründlich durchputzen. Tiedemann geht weiter und kommt auf den leeren Futtergang. Er raschelt durch das Stroh, nun ist der Futtergang beinahe zu Ende, Tiedemanns Fuß stößt im Stroh an was. Er bückt sich, er wühlt das Stroh ein bißchen auseinander: ein etwas starker Osterhase, was? Elf Gänseeier. Da soll der Donner ...!

Tiedemann steht und denkt. Das Garn ist leicht aufzuheddern: Da ist einerseits Albin mit Vorkenntnissen, andererseits Mathilde, die Kätnertochter aus dem Dorf. Auch Kätner lieben Gänse, es ist dies kein Privileg der Gutsbesitzerklasse. Einfache Vorgeschichte, man könnte die Eier nehmen und zur Frau bringen ...

Aber wie der Tiedemann so dasteht und auf die Eier glotzt, da ist es, daß sich die Grappen in seinem Kopf rühren, die dicken Brummer brummen durch sein Gehirn. Sachte wühlt er das Stroh wieder zu. Elf Gänseeier bringt man nicht in der Hosentasche ins Dorf, dazu muß es Feierabend und dunkel sein. Alles hat seine Zeit, auch Gänseeier. Tiedemann geht über den Hof zurück zum Gutshaus.

Auf dem Hof trifft er mich. Ich bin so eine Art Mädchen für alles auf diesem Hof, ich führe die Bücher und schreibe die Briefe, ich löhne die Leute, gebe das Futter aus und nehme auch mal ein paar Pferde. Es ist kein anstrengender Dienst.

Tiedemann bleibt vor mir stehen und sieht mich glupsch an. »Sagen Sie mal, Fallada, Sie können ja wohl Englisch?«

»Na, was man so können nennt, grade nicht«, sage ich. »Erwarten Sie Engländer?«

»Laut lesen können Sie ja wohl Englisch?« fragt er mich. »So getragen und weihevoll wie ein Paster?«

»Das kann angehen, Herr Tiedemann«, sage ich.

»Und Sie haben was Englisches zum Vorlesen hier?« fragt er mich.

»Ja«, meine ich zögernd. »Eigentlich nicht. Nur so englische Verse von einem Omar Khayyam.«

»Omar? Ist das Englisch?«

»Das ist ein Perser«, sage ich. »Aber ein Engländer Fitzgerald ...«

»Hören Sie lieber auf«, winkt er ab. »Ich habe heute morgen noch keinen Kognak getrunken. Das Leben ist schon kompliziert genug. Fünf Minuten vor Feierabend gehen Sie mit Ihrem englischen Perser in den Kuhstall und langen sich den Albin. Mit dem kommen Sie dann zu mir auf meine Stube.«

»Wird gemacht, Herr Tiedemann«, sage ich, und er geht weiter, ins Gutshaus, zu seinem vormittäglichen Rührei mit Speck und einem Kognak.

Fünf Minuten vor sechs bin ich im Kuhstall.

»Albin, sollst zu Herrn Tiedemann kommen.«

»Nu, was denn? Jetzt ist doch gleich Feierabend. Was soll ich denn da noch?«

»Komm man«, sage ich, und wir schieben ab.

Um sechs Uhr abends im zeitigen Frühjahr muß man schon Licht brennen, auch Hannes Tiedemann brannte in seinem Zimmer Licht, aber wie sah es aus! Rot sah es aus, geheimnisvoll sah es aus, mystisch war das. Über alle Glühbirnen hatte Tiedemann rotes Papier gemacht, das Licht war trübe und schwer, es wehte einen an: Sprich leise hier!

Auf dem runden Eichentisch stand eine Extralampe mit der roten Glühbirne aus der Dunkelkammer, daneben stand der große Lehnstuhl.

»Setz dich hierhin, Albin«, sagt Tiedemann sacht und betrübt. »Setz dich hierhin, mein Jung.«

»Herr Tiedemann«, fängt Albin an.

Aber Tiedemann drückt ihn auf seinen Platz. »Nicht ganz

hoch genug. Dein Kopf muß grade in der Höhe von der roten Birne sein. Warte mal ...« Und er schleppt ein dickes Buch an. »So, jetzt langt es.«

»Herr Tiedemann ...«, fängt der Junge wieder an.

»Psssst«, macht Tiedemann. »Kein Wort. Sonst geht es nicht.«

Der Junge ist still. Ich bekomme meinen Platz ihm grade gegenüber, am Tisch, und Tiedemann stellt sich neben ihn, so daß der Kopf von Albin zwischen Lampe und Tiedemann ist.

Stille. Tiefe Stille. Die große Uhr macht unendlich langsam ticke-tacke. Das Licht ist geheimnisvoll rot.

Tiedemann räuspert sich. »Fangen Sie man an, Fallada.«

Ich fange an. Meine Aussprache des Englischen ist nicht schön, ich habe Englisch in Leipzig von einem sächsischen Lehrer gelernt, so was verwächst sich nie. Aber an diesem Abend war ich weit über meinem sonstigen Standard. Es war vielleicht kein korrektes Englisch, es war eine mystische Sprache, aus Urmenschentagen.

Ich fing an mit dem Vierzeiler: »Oh Thou, who Man of baser Earth didst make ...«[*]

Ich war noch nicht ganz auf der Höhe, Tiedemann schüttelte ernst den Kopf. »Noch nicht ganz das Richtige. Bitte weiter. Etwas Stärkeres.«

Ich fuhr fort: »There was the Door to which I found no Key ...«[**]

---

[*] »Du, der den Menschen schuf, nur Mensch zu sein ...«
[**] »Da war die Tür, die mir kein Schlüssel zwang ...«

»Gut. Das ist das«, sagte Tiedemann, und bauz! nahm er von seinem Schreibtisch ein Riesenteleskop, so einen Fernkieker, ganz aus Messing, wie ihn die Seeleute früher hatten. Muß noch von seinem Großvater mütterlicherseits sein, Kapitän auf kleiner Fahrt, denke ich. Setzt das Ding dem Jungen an die Schläfe, der zuckt. Sitzt wieder totenstill. Hannes Tiedemann kiekt durch.

Ich lese: »Ah, my Beloved, fill the Cup that clears Today of past Regrets and future Fears –.«\*

»Albin«, fragt Tiedemann mit Grabesstimme. »Albin, an was denkst du?«

Albin ist blaß und still.

»Du denkst an den Kuhstall, Albin, du denkst an den Futtergang. Du denkst an den letzten Futtergang an der Wand …«

»Indeed, indeed, Repentance oft before I swore …«\*\*

»An das Stroh denkst du, Albin, was dort liegt. Du denkst …, warte, warte … Herr Fallada, feste! Lauter, Herr Fallada! Du denkst …« Ganz schrill: »Albin, Albin, wie kommen die Gänseeier in dein Gehirn –?«

Totenstille.

»Albin!!!!«

Und da kommt es, leise und zermalmt: »Herr Tiedemann, Herr Tiedemann, ich will's Sie sagen: Ich hab sie gestohlen. Herr Tiedemann, ich hab sie gestohlen.«

---

\* »So schenk den Wein, mein Lieb: Wein klärt den Tag von Furcht und Gram, was kam und kommen mag!«
\*\* »Hab wohl auch Reue oft genug bekannt –«

»Fallada! Laufen Sie! Du lügst ja, Jung. Sehen Sie im Kuhstall nach. Im letzten Futtergang. Im Stroh.«

Ich laufe schon. Da sind sie. Die Jacke aus. Die Jacke voll Gänseeier. Zurück.

Albin starrt blöde auf die Eier.

»Ich hab sie gestohlen ..., ich stehl hier nie wieder ...«

»Geh, mein Sohn Albin«, sagt Tiedemann. »Es ist in Ordnung. Es ist alles glatt.«

An der Tür macht Albin halt, er steckt den Kopf von außen wieder herein. »Ich zeig Sie an, Herr Tiedemann, bei der Polizei. So was ist Vergewaltigung, von so was kann man verrückt werden. Ich hab gemerkt, mir ist was kaputtgegangen im Hirn, wie Sie's durchleuchtet haben.«

»Raus!« sagt Tiedemann nur.

Albin ist nicht zur Polizei gegangen. Albin ist nicht einmal vom Hof fortgegangen. Albin melkt weiter die Kühe. Ich glaube, Albin hat nie wieder bei uns geklaut. Im Dorf so ein bißchen, dafür will ich keine Hand ins Feuer legen, aber die konnten ihn ja auch nicht durchleuchten. Das konnte nur Tiedemann.

> Eigentlich besteht das Leben, genau betrachtet
> aus lauter Niederlagen. Aber der Mensch lebt doch weiter
> und freut sich am Leben, der Mensch, dieses zäheste,
> dieses widerstandsfähigste aller Geschöpfe …
>
> *Wolf unter Wölfen*

# Der Gänsemord von Tütz

Geht man die Straße vom Dorf her, so kommt erst das Schloß mit dem großen, alten Park. Da sitzt der Ritterschaftsdirektor von Pratz. Dann folgt der Gutshof mit seinen Ställen, Scheunen und dem Beamtenhaus, wo ich, der Rendant, hause. Die Straße geht weiter, und was folgt, ist erst einmal wieder ein ganzes Stück Park, der also im Halbkreis die Hofstätte umschließt, und dann die Villa des jungen Herrn, des Rittmeisters.

Die Sache ist so, daß vor ein paar Jahren der alte Herr das Gut an Tochter und Schwiegersohn übergab. »Wirtschaftet, junge Leute«, sagte er. »Ich habe genug Kartoffeln gebaut in meinem Leben.« Für sich behielt er Schloß, Park und Forsten. In die fährt er täglich mit seinem Jagdwagen, und er ist ein alter Rauschebart der Art, daß er von jeder Ausfahrt mit einem Bündel Reisig heimkommt. »Zu schade zum Verfaulen«, sagt er. »Damit kann ich im Winter heizen.« Auf die jetzt schwiegersöhnlichen Felder geht der alte Pratz, v. Pratz bitte, nicht gern. »Hat Landwirtschaft studiert, der junge

Herr«, sagt er zu Elias, seinem Kutscher. »Merkst du was?« Elias merkt was, und die beiden lachen.

Wenn nun auch der Rittmeister von der Landwirtschaft nichts verstehen soll, seine Felder liebt er doch. Er hört nicht gerne über sie lachen. »Der Alte ist ja ein Rest aus der Steinzeit, Fallada«, sagt er zu mir, wenn wir ihn mit seinen Knüppeln aus dem Wald kommen sehen. Und dann lachen wir beide.

Der Gänsekrieg jedoch, der mich stellungslos machte, wurde gar nicht zwischen dem alten und dem jungen Herrn geführt, sondern zwischen dem jungen Herrn und der gnädigen Frau. Die gnädige Frau ist natürlich die Frau vom alten Herrn. Die Frau vom Rittmeister heißt die junge Frau. Jeder, der einmal in hinterpommersche Rittergüter gerochen hat, weiß das. So daß im Grunde dieser Gänsekrieg der uralte Krieg zwischen Schwiegermutter und Schwiegersohn war. Nur war ich, der Rendant, der Leidtragende. Nebst sieben Gänsen. Davon ist nun zu erzählen.

Es ist schon gesagt worden, daß der Schloßpark alt war. Er war sogar uralt und besaß als Prachtstück einen viel bewunderten Tulpenbaum. Ich fand immer, der Tulpenbaum war ein Versager. Gradeheraus gesagt war er langweilig; seine Blüten hatten nicht die Idee einer Ähnlichkeit mit Tulpen. Aber bei den alten Herrschaften konnte solch Ausspruch von mir nicht überraschen. Ich war anrüchig, seit Elias, das Faktotum, mich mal erwischt hatte, wie ich die Geflügelmamsell abküßte.

Ich bin schon auf dem rechten Wege mit meiner Geschichte. Es geht alles der Reihe nach. Die Geflügelmamsell zum Beispiel war eine Angestellte der gnädigen Frau; sie hatte die Hühner unter sich und die Gänse. Wenn die alten Herrschaften auch das Gut abgegeben hatten, den Wunsch nach einem frischen Ei hatten sie doch. Die Hühner liefen auf dem Gutshof; auf der Dungstätte und in den Scheunen wurden sie satt: Dagegen sagte auch der Rittmeister nichts.

Die Gänse aber ergingen sich offiziell im Park, jenem großen Park mit den uralten Bäumen. Nun ist es mit den Gänsen so, daß die Gans ein delikater Vogel ist, nicht nur, wenn man sie ißt, sondern grade auch, wenn sie frißt: Das Beste ist ihr kaum gut genug. Die Gans, ein heiliger, schwieriger, kapriziöser Vogel, ist scharf auf junges, delikates Grün. Und gab es das in diesem uralten Park? Man kann das eine haben, man kann das andere haben, man kann nicht beides haben. Uralte Bäume und junges Grün, das verträgt sich nicht. Im Schatten wächst altes, saures, schlampiges Gras.

Es schmeckte den Gänsen nicht, und eine Gans denkt natürlich nicht daran, sich mit schlechtem Futter abzufinden. Die Ganter mit den vergißmeinnichtblauen Augen führten ihre Schönen zielbewußt durch den Park. Dann durchstieß die dreidutzendköpfige Schar den Zaun, überquerte in der nächsten Nähe der rittmeisterlichen Villa den Weg, flatterte durch den Graben – welch Geschnatter, welche Aufregung! –, und siehe da, Kanaan ist erreicht, das gelobte Land, die Gras- und Schnabelweide! Sie sind im Wickgemenge, wo sie gar nichts zu suchen, noch weniger zu finden haben. Es war ein delikates Wickgemenge. Sie dachten hierzubleiben. Der Park konnte ihnen gestohlen werden.

Sechsunddreißig Gänse haben einen beträchtlichen Appetit; sie verdrücken was. Es hätte nicht des Geschnatters bei der Grabenüberquerung bedurft, um den Rittmeister auf den Einbruch in seine Felder aufmerksam zu machen. Es ist schon gesagt, daß er seine Felder liebte, und nun war es eine Schande, wie dies Gemenge aussah, und grad an dem Wege, den all seine Gäste fuhren!

Es fing wie alle Kriege mit Verwahrungen, Einsprüchen, kleinen Reibungen an. Der Rittmeister sagte zu mir: »Hören Sie mal, Fallada, das können Sie aber der Geflügelfee ausrichten: Mit den Gänsen, das geht unmöglich. Sie sollen ja da Beziehungen haben ...«

Ich sagte es ihr.

Der Rittmeister sprach: »Herr Fallada, die Schweinerei mit den Gänsen hört mir auf! Wozu stichelt denn meine Schwiegermutter ewig über Sie und die Mamsell, wenn Sie das nicht mal erreichen?«

Ich sagte es ihr.

Die Dörte sah mich an mit ihren schönen, dummen Kirschenaugen und klagte: »O Gott, Hannes! Die Gnädige hat doch gesagt, daß die Gänse sich schon mal in den Wicken satt fressen dürfen. Wozu steckst du ewig mit dem Rendanten zusammen, hat sie gesagt. Du sollst ja sogar auf seinem Zimmer gewesen sein, hat sie mich gefragt.«

Die Dörte weinte. Sie war auf meinem Zimmer gewesen. Machtlos war ich. Der Rittmeister sagte ..., vieles sagte er. Dann sagte er nichts mehr. Er schritt zur Selbsthilfe. »Unser« Kutscher, Kasper, erzählte mir, daß der Rittmeister wie der Teufel aus dem Wagen zwischen die Gänse gesprungen war und sie mit der Fahrpeitsche verdroschen hatte.

Am Abend weinte Dörte. Die Gnädige hatte sooo gescholten: Eine Gans war lahm!

Nun kann man Gänse einmal verdreschen, man kann sie auch zweimal verdreschen, dreimal aber bestimmt nicht. Sie kannten ihren Rittmeister. Kam der Wagen leer, so ästen sie weiter; kam er gefüllt mit der jungen Frau, so ästen sie weiter; kam er gefüllt mit dem Rittmeister, so breiteten sie ihre Flügel. Unter wildem, höhnischem Geschnatter zerstreuten sie sich über den ganzen Gemengeschlag. Der Rittmeister probierte es mit einem Reitpferd und einer Reitpeitsche. Das Gansgetier zerstreute sich einzeln in alle Himmelsrichtungen, dem Tobenden zu entgehen. Der Rittmeister ritt seinen Gaul schäumend naß und sein Blut ins Sieden. Das Geschrei der Gänse gellte höhnisch in seinen Ohren: Er erreichte nichts.

Es ist morgens, so um fünf; die Knechte füttern; vor einer Viertelstunde ist auch das Geflügel aus dem Stall gelassen. Zwei Schüsse tönen. Nanu! denke ich. Der Förster schon im Gang? Und so dichtebei?

Dann geht bei mir das Telefon. Der Rittmeister sagt atemlos: »Fallada, kommen Sie gleich rüber zu mir.«

»Ja, Herr Rittmeister«, sage ich.

»Bringen Sie 'nen Jungen mit«, sagt er. »Irgend jemand, der die Leichen trägt.«

»Ja«, sage ich.

Der Pott ist entzwei, denke ich. Ich hole mir einen Pferdeknecht aus dem Stall, und wir tippeln los. Vor der Villa im Vorgarten liegen sie gewissermaßen aufgebahrt, sieben Stück, so jung noch, so mager noch, in der Blüte ihrer Wochen dahingerafft. »Warten Sie, Karl«, sage ich und gehe ins Haus.

Der Rittmeister sitzt in einem Sessel und trinkt Kognak, am frühen Morgen, auf nüchternen Magen. Das Mordgewehr liegt noch auf der Fensterbank. Vom Fenster aus hat er sie geschossen, sieben junge Gänse, vielversprechend.

»Morjen«, sagt er. »Sie haben wohl schon den Salat gesehen. Meine Frau weint. Finden Sie, daß das ein Grund zum Weinen ist? Über meine Wicken hat sie nicht geweint.«

»Die Frau Mutter wird ungehalten sein«, sage ich.

»Wird sie«, bestätigt er. »Also, bestellen Sie ihr einen schönen Gruß von mir. Und es täte mir ja leid. Aber sie wäre an allem schuld.«

»Ja«, sage ich.

»Geben Sie ihr die Gänse«, sagt er. »Sie soll sehen, was sie damit macht. Und sagen Sie ihr, ich wollt sie ihr bezahlen. Sie soll sagen, was sie dafür haben will.«

»Ja«, sage ich.

»Kein angenehmer Auftrag, Fallada«, sagt er. »Trinken Sie 'nen Kognak. Nehmen Sie 'ne Zigarette. Das Leben ist kompliziert.«

»Ja«, sage ich.

Um halb sechs kann ich nicht mit den Gänsen ins Schloß rücken, ich komme um halb acht. Da weiß die gnädige Frau schon alles; sie hat sicher in der Küche auf mich gelauert. »Nehmen Sie die Tiere wieder mit«, weint sie. »O Gott, ich kann sie nicht sehen. Zwei Zuchtgänse sind dabei. Dörte, sieh nur, die mit dem grauen Stoß am Flügel ist auch dabei, o Gott!«

Dörte sah mich an wie ein flammender Engel. Die Gnädige weinte haltlos. Ich komme mir ziemlich schäbig vor. »Sagen Sie meinem Schwiegersohn, daß er ein schlechter Mensch ist, ein Mörder ...«

Durch den Sonnenschein gehe ich mit meinem Stalljungen und den sieben Gänsen zur Villa. Siehe da, mein Chef ist nicht aufs Feld geritten; er hat auf mich gewartet. Er verfinstert sich, als er die Leichen sieht. »Sie haben die Gänse immer noch? Habe ich Ihnen nicht ausdrücklich befohlen ...?«

Er sagt »befohlen«, er sagt überhaupt sehr viel, und kleinlaut berichte ich.

»Alles Unsinn! Wie können Sie sich von Weibern düsig weinen lassen! Grüßen Sie meine Schwiegermutter und bestellen Sie ihr, die Gänse gehörten ihr, nicht mir. Daß Sie mir nicht wieder mit den Gänsen kommen!«

»Nein, Herr Rittmeister«, sage ich.

Kehrt! Ein Rendant, ein Stallbursche, sieben tote Gänse in die Schloßküche. Heißer Empfang. Die Tränen sind versiegt. »Ich verbiete Ihnen das Haus, verstehen Sie! Es ist Hausfriedensbruch, wenn Sie noch mal mit den Gänsen kommen! Sagen Sie meinem Schwiegersohn ...«

Ich werde mich hüten. Wieder stehen wir auf dem Hof. »Wat moken Se nu, Herr Rendant?« lacht der Stallbursche.

»Grien du und der Affe«, sage ich wütend. »Schmeiß die Biester hier ins Büro hinter meinen Schreibtisch. Schmeiß 'nen Sack drüber. Am Ende wird doch einer Vernunft annehmen.«

Die Stunden gehen dahin. Um zwölf kommen die Knechte vom Feld, ich geh auf den Boden, gebe Pferdefutter aus. Als ich wieder aufs Büro komme, steht der Rittmeister hinter dem Schreibtisch. Den Sack hat er mit dem Fuß weggeschoben, starrt auf den Salat.

»Was heißt das?« fragt er scharf. »Haben Sie nicht verstanden, was ich Ihnen befohlen hatte, Herr?!!!!«

Jawohl, ich hatte verstanden. Und ich erkläre.

»Quatsch! Hausfriedensbruch! Bestellen Sie meiner Schwiegermutter, sie hat 'nen Vogel. Hysterische Schraube. Wegen ein paar dammlichen Gänsen sich so zu haben. Ich will die Biester nicht mehr sehen. Verstanden?!!«

»Jawohl, Herr Rittmeister«, sage ich und mach mich wieder auf den Weg. Mönchlein, du gehst einen schweren Gang. Und ganz nutzlos. Elias hat auf der Lauer gelegen, er verpfeift mich. Gleich ist die Gnädige da. Man trägt mir wieder Bestellungen an den Rittmeister auf, dann stehe ich wieder draußen …

»Und nun?« fragt der Stallbursch.

»Das will ich dir erzählen«, sag ich wütend. »Die Gänse können mir den Puckel runterrutschen. Komm mit.«

Ich geh gar nicht erst mit ihm auf den Hof; heimlich gehen wir hintenrum in die große Scheune. »Da! Steck die Biester unters Stroh. Gut tief rein. Gottlob, nun sind sie weg.«

»Dat's gaud«, sagt er. »Nu denkt die Gnädige, er hat se, und er denkt, die Gnädige hat se.«

»Richtig, mein Sohn«, sage ich und gehe aufs Büro.

Gegen Abend besucht mich der Rittmeister. Wir klönen

über dies und das. »Übrigens«, sagt er im Gehen, »die Sache mit den Gänsen ist erledigt?«

»Ist erledigt«, sage ich.

»Gut«, sagt er und geht.

Eigentlich ist längst Feierabend, aber ich habe viel Zeit versäumt; ich muß noch Löhne eintüten. Das Telefon rasselt. »Ja? Hier Fallada!«

»Sie haben die Gänse meiner Schwiegermutter gebracht, was? Sie haben meinen Befehl erledigt, wie? Belogen haben Sie mich, Herr!!! Auf der Stelle bringen Sie die Gänse der gnädigen Frau! Sie will sie nun doch haben, der Federn wegen. Auf der Stelle ...«

Diesmal hole ich mir nicht erst jemand. Ich stürze allein in die Scheune. Ich wühle im Stroh. Nein, hier ist es nicht gewesen, mehr links. Verdammt dunkel ist das hier. Rechts? O Gott, nur schnell ... Eine Stallaterne ... Licht. Rechts. Links. Oben. Unten. Hier. Dort. Nichts. Ins Dorf. »Jung, wo haben wir die Gänse hingesteckt? Rasch!«

Am Büro vorbei, ich höre das Telefon drinnen schreien, brüllen, ächzen, gellen. »Nur rasch, Jung!«

Wir suchen zu zweit. Der Junge läßt die Hände sinken. »Hier waren sie bestimmt, Herr Rendant. Sehen Sie, hier ist noch blutiges Stroh.«

Stimmt. Wir sehen uns an.

»Da hat einer aufgepaßt, wie wir hier rein sind, und hat die Gänse gestohlen, Herr Rendant. Sehen Sie, hier ist noch blutiges Stroh.«

Ich seh ihn an, er sieht mich an. Der Jung hat sie nicht geklaut. Der ist ehrlich; so viel kann ich sehen. Er sagt kummervoll: »Ja, Herr Rendant, das ist ja nun nicht leicht. Was der junge Herr ist, der ist ein büschen hitzig.«

Stimmt wieder. Mir bubbert das Herz, als ich anrufe.

»Nun?!!!!«

Ich beichte. »Und nun hat einer doch die Gänse gestohlen …!«

Soll ich »Wutschrei« sagen? Nun gut, ich sage »Wutschrei«. Jedenfalls habe ich den Hörer fein sachte hingelegt. Ich konnte ans andere Ende vom Büro gehen, der Wutschrei blieb klar verständlich. Auch dauerte er noch länger. Nach einer Weile habe ich dann angehängt, bin auf mein Zimmer gegangen und habe meine Sachen gepackt. Kasper hat mich noch in derselben Nacht zur Bahn gefahren. Aus. Fertig. Schluß. Arme Dörte.

Und der verdammte Kerl, der die sieben klapperdürren Gänse im Jahre 1920 auf Rittergut Tütz aus der Scheune geklaut hat, der soll sich nun endlich bei mir melden und sich wenigstens entschuldigen, verdammt noch mal!

> ... im Allgemeinen sorgt der Tag
> schon selber dafür,
> daß man durch ihn kommt ...
>
> *Wolf unter Wölfen*

# Pfingstfahrt in der Waschbalje

Zu jener Zeit, von der wir erzählen, lebten auf dem Ausbauhof von Karl Päplow außer dem Bauern acht Frauen; seine Mutter, seine Frau und sechs Töchter in allen Altersstufen, aber keine unter dreißig. Außerdem gab es da noch einen kleinen Jungen, den Malte. Zu welcher von den sechs Töchtern der aber gehörte, das war schwer auszumachen; alle waren alle Stunden wie die Puthennen um ihn, bis der Bauer es nicht mehr sehen konnte, sondern mit Gebrüll dazwischenfuhr.

Das tat er gerne, das tat ihm gut, wenn seine acht Frauen in Zittern und Zagen davonstoben, denn Karl Päplow war nicht nur ein Brüller, sondern auch ein roher und gemeiner Kerl. Dies zeigte sich so recht, als er gestorben war: Die Frauen konnten zuerst gar nicht an ihr tyrannenfreies Dasein glauben und wurden dann, als er wirklich begraben war, ganz verdreht. Das erste, was sie ihrer neuen Freiheit zugute taten, war, daß sie alles, was der Bauer auf dem Leibe getragen hatte, verbrannten, und um den Scheiterhaufen tanzten und schimpften die acht. Der kleine Malte, drei Jahre alt, stand in einem Winkel und sah aus seinen großen blauen Augen dem abenteuerlichen Beginnen stumm zu.

Dort fand ihn der Gemeindevorsteher, als sie mit der Spritze angerückt kamen – und hohe Zeit wurde das, denn das Reetdach auf der Scheune glimmte schon. Er sah, daß es so nicht ging mit der Frauenwirtschaft, und besann sich auf einen verschollenen alten Vetter aus der Greifswalder Gegend, der im Rufe großer Weisheit stand. Den verschrieb er dem Ausbauhof als Knecht, Viehfütterer, Verwalter, Ersatzvater und vor allem als Mann: »Denn ein Mann muß her in diese Kakelei!«

Eines schönen Tages kam dann auch der Vetter aus »Grips«, wie man dort für Greifswald sagt, auf dem Hof an, mit einer rotgestrichenen Lade und einer perlengestickten Handtasche. Der neue Herr über die acht Frauen war ein schwerer Mann mit starken Knochen und einem großen Bauch. Sein Gesicht war sehr rot, vor allem die knollige Nase, und alltags wie sonntags ging er in einem schwarzen Tuchanzug, der meist sehr dreckig war.

Als erster von allen erfaßte der kleine Malte die Situation: Er steckte sein kleines, weiches Kinderhänding in die große, harte Pranke des alten Mannes, nannte ihn »Onkel Walli« und zog ihn zu den jungen Hunden.

Aber gleich der nächste, der den Kram erfaßte, war doch Onkel Walli. Als er am Schluß seiner ersten Woche die acht Frauen zum Mittagessen rief und das übliche Gewusel anfing, das Hinundhergelaufe, das Schnell-noch-was-Besorgen, da rief er noch einmal klar und deutlich: »Middageten, segg ick, ji Mallen!«, wozu bemerkt werden muß, daß »ji Mallen« in jener Gegend der ungeschminkte Ausdruck für »ihr Verrückten« ist.

Natürlich gab es Geschimpf und Gekeif, aber dazu sagte Onkel Walli nur tiefsinnig: »Mall seid ihr, und parieren müßt ihr darum!« Sprach es sachlich feststellend, wie etwa ein Arzt einem Kranken sagt, daß er die Grippe hat und daß deswegen dies und jenes geschehen muß.

Und Onkel Walli drang durch. Unerschütterlich bestand er auf Parieren, und kaum waren zwei Wochen vorbei, saß er fester im Sattel, als je der Brüller Karl Päplow gesessen hatte. Allerdings kam zu seiner erdhaften Beharrlichkeit, daß er nicht nur ein tüchtiger Landwirt war – das konnten die Frauen gar nicht so recht würdigen –, sondern daß ihn die Unheimlichkeit des großen »Besprechers« umwitterte. Was krank wurde, das heilte er, sein Ruf verbreitete sich in der Gegend wie die Wasserpest in einem Teich. Die Kühe besprach er; hatten die Schweine Rotlauf, so machte er ihnen einen Schlitz ins Ohr und steckte Kräuter da durch: »Das zieht die Seuche aus dem Leib!« Die uralte Oma setzte er vor sich in einen Stuhl und sah sie piel an mit seinen kugligen, traurigen, runden Seehundsaugen. Eine Viertelstunde lang, ohne ein Wort. »Oh, wat ward mi dat wunnerlich, wenn Onkel Walli mi so dörch un dörch kiekt!« sagte Oma bezwungen. Aber ihr Husten war weg, für diesen Tag wenigstens.

Ja, wenn Onkel Walli auch die Verzweiflung von Arzt und Tierarzt wurde, seine acht Frauen fürchteten ihn und gehorchten ihm, sein kleiner Malte aber liebte ihn. Seht, da waren nun alle diese Tiere auf dem Hof; wenn der kleine Malte mit seinem Onkel Walli auf die Koppel kam, so drängten sich die Kälber um den alten Mann. Sie konnten sich gar nicht genug damit tun, seine schwarzen Tuchrockschlippen durchzukauen und über die fettglänzenden Ärmel zu lecken. Hatte eine Katze gejungt, ohne Fauchen und Kratzen ließ ihn die Alte an das Nest, und er zeigte dem Malte die blinden Miauzer, Tag für Tag, bis sie am neunten die Augen offen hatten. Und dabei erzählte er Geschichten von der Zauberkraft der Katzen und daß eine dreifarbige Katze den Hof vor Feuer schützt.

Der kleine Malte hörte ernsthaft zu, und dann gingen sie mit den Pferden hinaus auf den Kartoffelacker, und Onkel Walli behäufelte die Stauden, und Malte saß auf einem Rain und schlief oder sah zu oder lief durch das Holz oder horchte auch nur auf die Brandung der See.

Haben wir schon gesagt, daß der Hof an der See lag? Ja, er lag am Meer, an einem großen, weiten Bodden. Drüben, das jenseitige Ufer, sah man ganz ferne, grün von Wald und gelb von Sand und ab und zu ein Häuschen, nicht so groß wie ein Daumennagel. Zwischen diesem und jenem Ufer aber lag das Wasser, blau und grün oder grau, oder mit schäumenden, ununterbrochen redenden Wellen. Das gehörte zum Hof, das Meer, zum brüllenden Bauern Karl, zu den verwirrten Frauen, auch zu dem kleinen stillen Malte und nicht zum wenigsten zu Onkel Walli.

Erst mußte die Frühjahrsbestellung getan sein, aber dann, als alles wuchs, nahm Onkel Walli den Malte bei der Hand und stieg mit ihm den Uferweg von der Steilküste hinunter. Nun hatte der Hof zwar kein Boot, aber er hatte doch eine Waschbalje, eine kräftige, starke Balje, von einem tüchtigen Böttcher gebaut, mit flachem Rand, der das Rubbelbrett gut auflegen ließ. Und diese Balje hatte nun Onkel Walli sich an den Strand gewälzt, und Malte durfte nun zusehen, wie Onkel Walli vorsichtig, vorsichtig einstieg. Langsam, langsam stakte sich Onkel Walli mit zwei Stöcken auf das Wasser hinaus, atemlos sah Malte zu. Ja, sie trug, die Balje, Onkel Walli schwamm, und nun bettelte Malte, daß er auch mitdürfte. Aber so weit ging nun Onkel Wallis Zutrauen zu seinen Meereskünsten doch nicht, Malte durfte nur zusehen. Wenn einer ins Wasser fallen sollte, so durfte das nur Onkel Walli sein.

Aber er fiel nicht hinein, heute war der Bodden spiegelblank, und als er hundertfünfzig Meter draußen war, steckte er die Stangen in den Grund, machte die Balje dazwischen fest und fing an zu angeln.

Für Malte war dies kein schöner Nachmittag. Da saß sein Onkel Walli draußen auf dem blauen Wasser, und von Zeit zu Zeit zog er etwas weiß Blitzendes aus der Flut – Malte rief und lockte den Onkel, aber der wollte nicht hören. Mit Brüllen versuchte es Malte schließlich auch – umsonst, am Ende schlief er ein. Und nun war Onkel Walli wieder da, die Waschbalje lag am Ufer, zwischen den beiden Stangen.

»Morgen gehen wir wieder, mein Malte«, sagte der Onkel Walli. »Morgen ist Pfingsten.«

Aber Malte antwortete nicht, Malte war böse, und selbst der Eimer mit Fischen konnte ihn nicht versöhnen.

Nun ja, schließlich wurde es Nacht. Über allem Kummer, großem wie kleinem, wird es einmal Nacht. Malte ist zu Bett gebracht, Malte schläft. Denken die Großen. Aber kaum zwei Stunden später kamen jammernd die Frauen zu Onkel Walli: Wo er den Malte hätte? Onkel Walli hatte keinen Malte; besaßen die Frauen nun schon so wenig Verstand, daß sie nicht wußten, in welches Bett sie ihn gelegt hatten?

Sie hatten Verstand genug – aber wo war Malte? Sie durchschauten das Haus, sie durchsuchten die Ställe, es war viel Gezeter und Klagen. Vielleicht wurde das Onkel Walli zuviel, er seufzte plötzlich tief auf und ging in die Nacht, stracks hinunter von der Hofstatt. Die hatten gut hinterherschreien.

Aber nach fünf Minuten war er schon wieder da und sagte, sie sollten sich nur ruhig hinsetzen, er wüßte jetzt, wo Malte sei, und in einer halben Stunde brächte er ihn. Lief von allen Fragen fort – oh, wie hastig lief er durch die Nacht zum nächsten Hof, weckte den Bauern, bat um das Boot. Ja, so war es, die Waschbalje war fort. Malte war fort, nur die Stangen hatten noch am Ufer gesteckt.

Sie machten das Boot los und ruderten mit einer Laterne hinaus. Gottlob, es war kein Wind aufgekommen, es war spiegelglatt, aber es lag Dunst auf dem Wasser, es war diesig. Sie fuhren hin und her, dann riefen sie und lauschten: nichts. Das taten sie die ganze Nacht, und dazwischen lief Onkel Walli immer einmal zu den Frauen hinauf und tröstete sie. Nun käme er gleich mit Malte, gleich, gleich brächte er ihn.

Oh, der arme dicke Onkel Walli, der große Hexer und Zauberer! Da stand er wieder vor dem Wasser, er stand und starrte. Wie eine schwarze Wolke ging es über seine Seele – wie kann man sein Herz so an eine kleine Hand gewöhnen, die in eine große, alte, verbrauchte sich legt?! Welche Nacht, Onkel Walli – wieviel Versprechungen, wieviel Gelöbnisse!

Und nun, da wir beinahe am Ende unserer kleinen Geschichte sind, sind wir ganz zweifelhaft, ob wir sie nicht vom andern Ufer her hätten erzählen müssen. Am andern Ufer ging am Pfingstsonntagmorgen ein Fischerehepaar zur Kirche, den Strand entlang. Die hörten eine Stimme singen und hoben die Augen und sahen auf dem blanken, sonneblitzenden Wasser eine Balje schaukeln, und in der Balje saß ein Kind, ein kleiner, blauäugiger Junge, der sang so vor sich hin, wie ganz kleine Kinder tun, wenn sie sehr glücklich sind, selbstvergessen, es ist mehr ein Zwitschern.

Die jungen Fischerleute glaubten an ein wahrhaftiges Pfingstwunder – und das war es ja auch, wenn auch anders, als sie meinten – und starrten nur. Aber nun hatte das Kind sie gesehen und hörte auf mit Singen und rief, und es rief, daß es Durst hätte. Der junge Fischer lief eilig, eilig in seinem Sonntagsstaat in das Wasser, und seiner Frau verging in der letzten Minute noch das Herz vor Angst, daß die Balje umschlagen könnte.

Aber dann war ihr kleiner Moses an Land, und plötzlich waren die beiden Eheleute sehr glücklich und weinten und lachten. Nur Malte wußte von nichts, als daß die Nacht sehr lang gewesen war und daß er geschlafen hatte und war wieder aufgewacht und immer noch Nacht und wieder geschlafen ... »Und so viel Durst!«

Dann kamen am Nachmittag mit den Kutschbraunen Onkel Walli und die uralte Oma und die andere Oma und Tante Hete und Mammi und Tante Tini. Mehr konnten die Braunen im Kutschwagen nicht ziehen. Es war eine große Zärtlichkeit, nur Malte blieb ungerührt.

»Nimmst du mich jetzt mit zu den Fischen, Onkel Walli?« fragte er. »Ich kann gut in der Balje fahren!«

Man kann in den Dreck fallen,
aber man muß nicht darin liegenbleiben.

*Der Eiserne Gustav*

# Essen und Fraß

Es war einmal ein junger Mann, nämlich ich, der Schreiber dieser Zeilen, den verurteilten in seiner Jugend Ärzte und Eltern, Landwirt zu werden, weil meinen Nerven nämlich das Großstadtleben »nicht bekömmlich« sei. So ist es gekommen, daß ich ein gutes Dutzend meiner Lebensjahre die Füße unter den Tisch der Rittergutsbesitzer habe stecken müssen – und daß die immer großzügige Gastgeber waren, das kann ich nicht behaupten.

Du lieber Himmel, das waren doch damals, besonders vor 1914, noch reiche Jahre, und auf ein bißchen Essen kam es eigentlich wirklich nicht an. Aber viele, die meisten wollten einfach nicht, und namentlich ihre Ehefrauen sahen es als Ehrensache an, uns nicht einmal die eigenen, auf dem Hofe erzeugten Lebensmittel zu geben, sondern schmierten uns auf unsere Stullen statt guter Butter die billigste Margarine und mästeten uns damals schon mit Mehlsuppen, die statt mit Zucker mit Saccharin gesüßt waren.

Ich denke an ein Weihnachtsfest in der Neumark, am

ersten Feiertag waren auch wir Beamte an die »Tafel« des Chefs geladen. Es war alles sehr feierlich und ungewohnt herzlich, eitel Güte und Menschenliebe, wie es das Fest verlangt. Als ich aber von der herumgereichten Platte mir ein Stück Fleisch nahm, erreichten mich doch die scharfen, durch keinerlei Feststimmung gemilderten Worte meiner Kommandeuse: »Sie hätten auch gerne das Knochenstück nehmen können! Ich habe es extra für Sie vornean gelegt, Herr Fallada!«

Einmal war ich auch Feldinspektor auf der Begüterung des Grafen Bibber in Hinterpommern. Es war ein herrlicher Besitz, sieben Rittergüter und drei Vorwerke, achtzehn Kilometer fuhr der Chef über eigenes Land, ein kleiner Fürst! Ich wohnte im Beamtenhaus des Hauptgutes und wurde wie die andern Beamten von Fräulein Kannebier beköstigt. Eines Morgens kam ich durchgefroren vom Acker heim – es war später Herbst, und ich hatte die Aufsicht über die pflügenden Gespanne. Mein Frühstück steht auf dem Tisch, wie üblich zwei Brote mit Wurst und eine Flasche Bier.

Ehe ich noch abgebissen habe, warnt mich meine Nase: Diese Leberwurst stinkt zum Himmel! Betrübt stelle ich meinen Teller wieder zurück – ich war damals noch sehr jung und hatte ewig Hunger –, aber ich denke: So was kann schon mal passieren. Ich trinke meine Flasche Bier und gehe wieder auf den Acker.

Am nächsten Morgen das gleiche: Ich habe die stinkende Leberwurst vom Vortage längst verschmerzt, aber meine Frühstücksbrote erinnern mich, sie stinken wieder.

Zornentbrannt ergreife ich den Teller und eile in die Küchenregionen. Du Aas! denke ich. Das ist kein Versehen mehr! denke ich. Ich bin kein sanftes Schaf, du! denke ich. Ich kann auch anders –!

Und: »Fräulein Kannebier!« sage ich drohend. »Das ist heut das zweite Mal, daß Sie mir verdorbene Wurst zum Frühstück geben. Ich tue anständige Arbeit, ich verlange auch anständiges Essen!«

»Die Wurst ist gut!« behauptet sie und sieht mich mit ihren dunklen Augen abweisend an. Sie hat ein fettes, bleiches Gesicht, ich kann sie nicht ausstehen. Sie frißt bestimmt alles, was sie mir entzieht, und sie entzieht mir, was sie nur irgend kann!

»Die Wurst stinkt!« rufe ich wieder und schiebe ihr den Teller unter die Nase. »Da, riechen Sie doch mal –!«

Sie zieht sich einen Schritt zurück. »Tadellos ist die Wurst!« sagt sie. »Nicht einmal einen Stich hat sie!« sagt sie. »Selbst eingeschlachtete Wurst ist das«, sagt sie auch noch.

Zwischen uns ist eine Einigung nur schlecht möglich, keines will auch nur ein bißchen nachgeben. Ich schlage ihr vor, diese selbst eingeschlachtete köstliche Leberwurst einem andern und mir einfache Margarinestullen zu geben, aber sie will nicht einmal das. Allmählich erhitzt sie sich auch, sie möchte mich aus ihrer Küche loswerden, und ich weiche und wanke nicht. Ich verdiene brutto ganze sechzig Mark im Monat, davon kann ich mir kein Frühstück im Gasthof leisten. Ich will mein reelles Deputat-Frühstück.

Schließlich entschlüpft ihr im Eifer des Disputes der Satz: »Frau Gräfin selbst hat angeordnet, daß ich diese Leberwurst für das Beamtenfrühstück nehme!«

»Fräulein Kannebier!« rufe ich. »Was Sie da sagen, das kann nicht wahr sein! Das ist unmöglich! Frau Gräfin selbst soll –? Ausgeschlossen! Nein, das ist allein Ihr Werk, Fräulein Kannebier!«

»Und doch hat Frau Gräfin es angeordnet!« wiederholt die Kannebier und wendet mir den Rücken. Sie bedauert sichtlich, was sie gesagt, natürlich lügt dieses Weib.

»Ich frage Frau Gräfin selbst!« sage ich drohend.

»Tun Sie doch, was Sie wollen!« ruft die Mamsell ärgerlich. »Bloß: gehen Sie endlich aus meiner Küche!«

Eine Minute später wandert der kleine Feldinspektor Fallada über den Rittergutshof dem Schlosse zu. Er sieht weder nach rechts noch nach links, vor sich trägt er den Teller mit den übelriechenden Frühstücksbroten. Der will ich es zeigen! denke ich.

Ich wandere die Lindenallee durch den Schloßpark hinauf, betrete die Auffahrt, komme in die Vorhalle. Der alte Kastellan Elias, mit dem ich am Sonntagnachmittag manchmal Skat spiele, beschaut mich verwundert. »Was wollen Sie denn hier bei uns?« fragt er.

»Elias!« flüstere ich, wie ein Verschwörer. »Wo ist Frau Gräfin?«

Sein Blick wandert zwischen dem Frühstücksteller und meinem Gesicht hin und her. »Was wollen Sie denn von der Gräfin –?« fragt er argwöhnisch.

»Egal!« winke ich ab. »Sagen Sie mir nur, wo Frau Gräfin ist, alles andere geht Sie nichts an!«

Elias hat sich entschlossen. »Im Frühstückszimmer nach der Terrasse zu«, flüstert er nun auch. »Geradeaus, dann den Gang rechts, bis zur blauen Tür. – Ich habe Ihnen aber nichts gesagt!«

»Nichts!« bestätige ich. »Wir haben uns gar nicht gesehen. Wiedersehen!«

Ich stehe vor der blauen Tür. Mein Herz klopft jetzt doch ziemlich. Aber das macht nichts, jetzt gibt es kein Zurück mehr. Ich klopfe an und trete ein. Ich bleibe unter der Tür stehen.

Es ist kein Frühstückszimmer, es ist ein ganzer Saal, in dem hier gegessen wird. Die eine Wand des Saales besteht ganz aus Spiegelglastüren, die bunten Tuffs der Blumenrabatten auf der Terrasse leuchten herein, helle und dunklere Baumgruppen der alten Parkbäume – in der Sonne blinkt der See.

Sie sitzen da am Frühstückstisch, vielleicht zwanzig, vielleicht dreißig Personen – das Schloß ist immer gestopft voll von Gästen. Die bunten Friedensuniformen der Offiziere, die hellen Kleider der Damen. Es blitzt von Silber und Kristall, es riecht wunderbar nach Bohnenkaffee, nach hundert guten Dingen – und ich stehe hier unter der Tür mit meinen stinkrigen Leberwurststullen. Eine ganz andere Welt, nichts für kleine Feldinspektoren mit sechzig Mark Monatsgehalt!

Aber ich kann nicht mehr zurück. Frau Gräfin, so jung sie noch ist, hat sofort gemerkt, daß etwas nicht stimmt, schon steht sie vor mir. »Nun, mein lieber Herr Fallada«, fragt sie, »wollen Sie den Grafen sprechen? Der Graf ist jetzt nicht hier.«

Ich habe nie gedacht, daß Frau Gräfin überhaupt von

meiner Existenz schon Kenntnis hat, und nun weiß sie sogar meinen Namen! Ich bin fast überwältigt. Trotzdem trage ich mein Sprüchlein leidlich vor: »Frau Gräfin, ich bekomme heute zum zweiten Male Frühstück mit verdorbener Leberwurst.« Ich hebe den Teller leicht an. Frau Gräfin richtet ihre Augen auf die Wurst und tritt einen Schritt zurück. Ich habe eigentlich nicht den Eindruck, daß Wurst und Frau Gräfin sich zum ersten Male sehen. »Die Mamsell behauptet nun, Frau Gräfin selbst hätte die verdorbene Wurst für uns Beamte bestimmt!«

»O diese Kannebier!« ruft Frau Gräfin und hebt den Blick zur schön mit Stuck gezierten und gemalten Decke. »Diese Kannebier ist doch zu dumm! Ausdrücklich habe ich ihr gesagt, sie soll die verdorbene Wurst für die Leute nehmen, nun nimmt sie sie für die Beamten –!«

Einen Augenblick stehe ich überwältigt. Dann sage ich: »Ich danke vielmals, Frau Gräfin!« Geschlagen ziehe ich über den Hof heim: Es sind eben doch zwei Welten!

Am Abend aber besucht der Graf mich auf meiner Bude und setzt mich fristlos an die Luft. Er läßt es sich sogar etwas kosten, diesen roten Revolutionär, der eine Gräfin wegen seines Frühstücks belästigt, loszuwerden: Er zahlt mir ein ganzes Vierteljahresgehalt!

Viele Stellungen habe ich während meiner landwirtschaftlichen Periode gehabt, sehr lange habe ich es nirgends ausgehalten. Doch die kürzeste Dienstzeit absolvierte ich auf einer großen Domäne in Mittelschlesien: Sieben Stunden stand ich dort in Diensten – sieben Stunden nur, und auch wieder wegen des lieben Essens.

Das war im Jahre 1917, ich war in Berlin bei irgendeiner Kartoffelgesellschaft tätig und hungerte und fror mich durch den verdammten Kohlrübenwinter. Da hatte es der Ökonomierat Reinlich leicht, mich zu überreden, auf seiner Domäne die Bücher für eine von ihm gezüchtete Kartoffel zu führen. Schon längst hatte ich bedauert, in die Großstadt gegangen zu sein, das flache Land verlassen zu haben, wo es doch wenigstens immer noch Brot gab und Obst und Milch und Kartoffeln – nicht nur Kohlrüben!

Eines Abends kletterte ich von einem Jagdwagen, der mich von der Bahn geholt hatte, ich war auf meinem neuen Tätigkeitsfeld angelangt. Mein Chef, der Ökonomierat Reinlich, war ein guter alter Mann, übrigens Junggeselle, fett, ein bißchen schwerhörig und ein bißchen schmuddlig – für seine Körperpflege machte er von seinem Namen entschieden nur wenig Gebrauch. Er zeigte mir selbst mein zu ebener Erde gelegenes Zimmer, ganz nett. »Vielleicht richten Sie sich gleich ein bißchen ein. Wir essen in einer halben Stunde zu Abend.«

Ich hatte mich kaum gewaschen, da gongte es schon. Alles ging hier recht patriarchalisch zu: An einem Ende der Tafel saß der angeschmuddelte Ökonomierat, am andern seine kleine verhutzelte Schwester, die ihm den Hausstand führte. Dazwischen die mancherlei Beamten: der Feldinspektor, der Hofverwalter, der Milchkontrolleur, der Rechnungsführer, die Mamsell. Und ganz patriarchalischländlich begann auch das Abendessen mit einer Mehlsuppe, einer Mehlsuppe, die durch irgendwelche bräunlich-schwärzlichen Klöße einen ungewohnten Reiz bekam. Dann gab es richtiges

Butterbrot mit Wurst und Käse – jaja, es war gut, daß ich hierher gegangen war, hier würde ich lange bleiben. Keine Kohlrüben mehr ...

Die Tafel wurde aufgehoben, und der Ökonomierat sagte zu seiner Schwester: »Ich setze mich mit Herrn Fallada noch ein bißchen aufs Büro und bespreche die Zuchtbücher. Bring uns doch eine Flasche von dem mittleren Mosel!«

Mittlerer Mosel und gleich etwas zu rauchen, gut, sehr gut. Dies halte fest, Fallada!

Herein kommt die Schwester mit dem Mosel. Der Chef schielt unter seiner Brille fort böse nach ihr hin. »Hundertmal habe ich dir gesagt«, knurrt er, »daß du den Deckel von der Mehlkiste geschlossen halten sollst. Aber nein! Heute schwamm wieder die ganze Mehlsuppe voll Mäusedreck!«

Da wußte ich es, was ich da für ungewöhnlich reizvolle bräunlich-schwärzliche Klößchen gegessen hatte. Und dachte: Nein, was gleich mit Schiet anfängt, kann nur schietig weitergehen. Schüttele den Staub von deinen Füßen, Fallada, und trolle dich von hinnen!

Ich habe mir dann noch friedlich angehört, was alles mir der Ökonomierat von seiner schönen Kartoffel zu erzählen hatte, habe von seinen Zigarren geraucht und seinen Mosel getrunken – an den Dingen konnte ja bestimmt nichts »dran« sein. Als ich dann wieder in meinem Zimmer war, habe ich still gewartet, bis alles im Hause friedlich schlief. Ich stellte meine beiden Koffer auf die Fensterbank, kletterte hinaus und bin den Weg wieder friedlich zurückgewandert, den ich sieben Stunden vorher mit dem Jagdwagen gefahren war. Und als sie sich auf der Domäne zum ersten Frühstück hinsetzten – vermutlich mit Mehlsuppe mit, mit … –, da trug mich schon der Eilzug wieder nach Berlin – mit seiner Kälte, mit seinen Kohlrüben.

Der Ökonomierat aber hat sich nie wieder bei mir gemeldet, hat nie wieder nach mir gefragt. Vielleicht hat er es sogar verstanden, daß es Menschen gibt, die nicht einmal über einen Mäusedreck wegkommen – ich hoffe es jedenfalls.

O mein Gott,
das sind die Menschen,
so sind sie –
besser sind sie nicht.
Aber auch nicht schlechter.
*Wolf unter Wölfen*

# Nachwort

Er weiß schon mit siebzehn, dass er Schriftsteller werden will, und nichts kann ihn davon abbringen. Zwanzig Jahre lang schreibt er unbeirrt an Gedichten, Romanen und Übersetzungen, aber am Ende kann er an nennenswerten Veröffentlichungen nur auf ein einziges Buch verweisen: ›Der junge Godeschall‹, ein Pubertätsroman, wie er ihn selbst nennt; nach einem Jahr sind weniger als tausend Exemplare verkauft.

Erst mit achtunddreißig erweckt er mit ›Bauern, Bonzen und Bomben‹ die Aufmerksamkeit von Kritik und Publikum. Das Buch wird sein erster Erfolg, und schon ein Jahr später gelingt ihm nicht nur der endgültige Durchbruch, sondern gleich eine Sensation. ›Kleiner Mann – was nun?‹ verkauft sich binnen sieben Monaten fünfzigtausend Mal und wird im Lauf der folgenden Jahre zu einem Weltbestseller.

Von siebzehn bis achtunddreißig! Man kann seine Ausdauer nur bewundern, umso mehr, wenn man bedenkt, was er in dieser Zeit alles erlebt hat, oder sollte man sagen: überlebt? Hans Fallada wird 1893 im pommerschen Greifswald geboren. Sein richtiger Name ist Rudolf Ditzen, aber in der

Familie wird er bald der Pechvogel genannt. Es geht ihm einfach vieles schief; das ist normal bei ihm. Das Malheur hängt an ihm wie sein Schatten.

In seiner Kindheit vergeht kaum ein Jahr ohne schwere Krankheit. Unfälle, auch gravierende, sind an der Tagesordnung. Die Schule ist für ihn die Hölle, seine Mitschüler verachten ihn, die Lehrer haben ihn auf dem Kieker. Er ist ein Außenseiter. Was ihm vor allem fehlt, ist das Verständnis seiner Eltern. Der Vater ist Bezirksrichter mit strengen Prinzipien und Ambitionen auf Karriere. Der Sohn muss funktionieren – ein Konflikt, der ihn ein Leben lang verfolgen wird.

Der sensible und lebenshungrige Junge flieht in die Welt der Bücher. Er liest Gerstäcker und Karl May, später Flaubert, Jean Paul und vieles mehr, beginnt, selbst zu schreiben, liest Hofmannsthal, Nietzsche, Oscar Wilde und ist achtzehn, als er nicht mehr will.

Mit einem Freund inszeniert er ein Duell, bei dem er diesen erschießt und sich danach selbst zwei Schussverletzungen beibringt. Entgegen der ärztlichen Prognose überlebt Fallada. Er wird wegen Mordes angeklagt, aber freigesprochen, um dafür nach § 51 für fast zwei Jahre in eine geschlossene Anstalt eingewiesen zu werden – die erste von zahlreichen, die noch folgen sollen. Genug des Malheurs, möchte man sagen, aber es kommt noch dicker.

Für geheilt erklärt, beginnt er 1913 auf Rat der Familie eine Lehre in der Landwirtschaft, die er mit Erfolg abschließt. Er steigt zum wissenschaftlichen Hilfsarbeiter auf und ist am Ende Fachmann für Saatkartoffeln bei einer Kartoffelbaugesellschaft in Berlin. Seine Arbeit besteht darin, von Gut zu Gut zu fahren und die Bauern zu beraten – tagsüber.

Nach Feierabend ist der Dreiundzwanzigjährige alleine in Berlin, in einer Stadt, in der es trotz Krieg ein ausschweifendes Nachtleben gibt. Fallada gerät ins Berliner Halbweltmilieu und genießt dort, was er bisher niemals hatte: seine Freiheit. Sie besteht unter anderem darin, mehr zu trinken, als er verträgt. Es ist nur eine Frage der Zeit, bis er die falschen Leute kennenlernt. Dinge gehen schief.

1916 kommt er mit Morphium in Kontakt, verfällt ihm und hat für die nächsten gut zehn Jahre damit zu tun, die Sucht wieder loszuwerden, zehn Jahre, in denen er weiter in der Landwirtschaft arbeitet, häufig die Stellung wechselt und erfolglose Romane schreibt. Er begibt sich mehrfach in Heilanstalten, wird aber immer wieder rückfällig, bis er schließlich zu einem drastischen Mittel greift. 1925 unterschlägt er auf durchsichtige Weise einen größeren Geldbetrag, stellt sich anschließend freiwillig der Polizei und wird zu zweieinhalb Jahren Haft verurteilt.

Der Sohn eines Reichsgerichtsrates ist ganz unten angekommen – ein verurteilter Strafgefangener. Es ist gut möglich, dass er diese Situation absichtlich herbeigeführt hat, dass er ins Gefängnis wollte, um sicher zu sein vor Alkohol und Morphium und sicher vor sich selbst. Es ist ein radikaler Schritt, und er beendet damit ein wüstes Kapitel seines Lebens, um ein neues aufzuschlagen, in dem nun endlich mal von Glück die Rede ist.

1928 aus der Haft entlassen, findet er ein verändertes

Land vor. Es gibt zweieinhalb Millionen Arbeitslose – Tendenz steigend. Fallada wagt einen kompletten Neuanfang mit einer auf Pump gekauften Schreibmaschine. Er tippt Adressen. Tausend Stück à vier Mark – nicht gerade die Erfüllung seines Traums vom Schriftsteller, den er trotz allem noch nicht aufgegeben hat.

Noch im gleichen Jahr lernt er Anna Issel kennen. Sie stammt aus einfachen Verhältnissen, ist Lageristin in einem Putzmachergeschäft und wird sein Leben bis 1944 mit großer Geduld begleiten. Sie ist Vorbild für zahlreiche Frauengestalten seiner Romane, und wenn Fallada sein Leben jetzt endlich in den Griff bekommt, dann hat er es vor allem ihr zu verdanken. Innerhalb weniger Jahre wird aus der gescheiterten Existenz ein Bestsellerautor, der in aller Munde ist, ein glücklicher Ehemann und Vater und der Besitzer eines Landguts, auf dem so ziemlich alles nach seiner Pfeife tanzt. Zum ersten Mal in seinem Leben scheint das Glück auf seiner Seite zu sein.

1929 schlägt er sich, frisch verheiratet, als Annoncenwerber und Reporter eines Provinzblattes durch und begegnet dabei dem Verleger seines ersten Buches, Ernst Rowohlt, der ihm eine Arbeit in Berlin verschafft. Die Halbtagsstelle im Verlag bietet ihm endlich die Möglichkeit, regelmäßig und kontinuierlich zu schreiben. Fallada fängt ohne zu zögern an. Der fast Vierzigjährige erlebt eine Explosion seiner Produktivität. Er hat Druck. Es gibt vieles, was er loswerden muss. Er wäre der geborene Expressionist, aber im Gegensatz zu früheren Versuchen schreibt er jetzt im Stil der Neuen Sachlichkeit und trifft damit den Nerv der Zeit.

1930 bringt er in sieben Monaten ›Bauern, Bonzen, Bomben‹ zu Papier, ein Jahr später ›Kleiner Mann – was nun?‹ Noch vor Kurzem ein schlecht bezahlter Lokalreporter, schreibt er jetzt Erzählungen, die in auflagestarken Blättern neben denen von Kästner, Ringelnatz, Brecht und Tucholsky erscheinen. Bis 1946 verfasst er nicht weniger als zwölf Romane, breit angelegte »Wälzer« die meisten – mit zahlreichen Charakteren, Schauplätzen und Handlungssträngen, die er über Hunderte von Seiten aufrechterhält, ohne dabei den Faden zu verlieren. Aus Lebensläufen und Einzelschicksalen entstehen groß angelegte Portraits der Gesellschaft, in denen die ganze Atmosphäre der aufgeheizten Epoche zwischen dem Ende des Kaiserreiches und dem Untergang der Nazibarbarei enthalten ist.

Er hat sein Ziel erreicht. Aus Rudolf Ditzen ist der berühmte Hans Fallada geworden. Nach dem Welterfolg von ›Kleiner Mann – was nun?‹ gibt er die Stelle bei Rowohlt auf, um als freier Schriftsteller zu arbeiten. Er erwirbt 1933 ein Anwesen bei Carwitz in Mecklenburg und glaubt, endlich angekommen zu sein – zu Hause. Ein bisschen Glück, auf das sich aber schon im selben Jahr wieder ein Schatten legt.

Die Machtergreifung der Nationalsozialisten macht sich auch im Literaturbetrieb bemerkbar. Niemand kann mehr schreiben, ohne zu prüfen, ob es mit der Ideologie der Machthaber in Einklang steht. Viele verlassen das Land, aber für Fallada kommt das Exil nicht infrage. Er glaubt, auch unter den veränderten Bedingungen schreiben zu können, und ist zu Konzessionen bereit.

Er macht sich keine Vorstellung davon, worauf er sich da einlässt. Dass er denunziert und verhaftet wird, ist nur ein erster Vorgeschmack. Die Herren spielen Katz und Maus mit ihm. Es reicht ihnen nicht, dass er seine Romane mit der Schere im Kopf schreibt und bedenkliche Stellen eliminiert. Er wird trotzdem zum unerwünschten Autor erklärt. Die Parteipresse überzieht ihn mit Verrissen, die mit unverhohlenen Drohungen an den Buchhandel verbunden sind. Seine Werke verschwinden aus den Schaufenstern und Regalen. Seine Einnahmen reduzieren sich dramatisch.

Als er gar nicht mehr weiß, was er noch schreiben soll, lockt das Propagandaministerium mit Filmprojekten, mit denen er aber nicht zurechtkommt. Längst hat er wieder zu trinken angefangen. Es folgen Nervenzusammenbrüche und Sanatoriumsaufenthalte, er greift wieder zu Morphium, er ist unausstehlich, hat Affären und wird handgreiflich. Als seine Frau sich 1944 von ihm scheiden lässt, ist er dem Untergang geweiht.

Ein Jahr später heiratet er ein zweites Mal – eine junge Frau, die selbst Alkoholikerin und Morphinistin ist. Seine letzten beiden Jahre sind abwechselnd durch Drogenexzesse und Entziehungskuren geprägt. Hans Fallada ist Anfang fünfzig und körperlich wie seelisch ein Wrack. Er stirbt im Februar 1947 an Herzversagen.

Was für ein Mensch, und was für ein Leben! Von Kindheit an vom Unglück verfolgt, schafft er es, seinen Traum zu verwirklichen, um ihn gleich wieder zerbrechen zu sehen. Kein Wunder, wenn auch bei seinen Helden vieles schiefgeht.

Sie scheitern wie er selbst, aber wie er selbst geben sie auch nicht auf. Ihre Geschichten gehen weiter, weil sie an ihren Plänen, Hoffnungen und Träumen festhalten. Sie dem Malheur abzutrotzen bedeutet Leben. Eine Chance hat, wer optimistisch ist.

»Wenn neunundneunzig Dinge misslungen sind, kann das hundertste doch gelingen ...« Fallada macht Mut in einer Zeit, in der das Scheitern an der Tagesordnung ist. Das erklärt nicht nur seinen außerordentlichen Erfolg bei seinen Zeitgenossen, es macht ihn auch zu einem Autor, der bis heute aktuell geblieben ist. Das gilt auf jeden Fall für Romane wie ›Wolf unter Wölfen‹, ›Der Eiserne Gustav‹ oder ›Ein Mann will nach oben‹, und es gilt auch für zahlreiche seiner Erzählungen, für die er zu Unrecht weniger bekannt ist.

Es sind nicht nur Glanzstücke Fallada'scher Erzählkunst darunter, sie enthalten auch noch eine kleine Überraschung: Der Mann hat Humor. Es ist wohl kein Zufall, dass seine Spezialität die Komik des Malheurs ist. Der ewige Pechvogel macht sich lustig über Dinge, die schiefgehen. Das kennt er gut. Es steckt viel Selbsterlebtes in seinen Erzählungen und Selbsterfundenes, gut beobachtet wie immer, aber aus einer geringeren Distanz. Er kommt den Menschen näher, und dabei wird eines deutlich: Eigentlich mag er sie.

Dieser Spitzbube Schuller ist ihm äußerst sympathisch, nicht weniger als der spleenige Herr Tiedemann. Selbst für den gänsemordenden Rittmeister hat er was übrig: Der kann auch nicht aus seiner Haut. Keiner kann das, und jeder ist ein Original mit seiner persönlichen Macke. Einer ist schon schlimm genug. Wehe, wenn sie aufeinandertreffen.

Fallada weiß um die Komik solcher Konstellationen. Sie spielt in den meisten seiner Romane eine nicht unwichtige Rolle. Hier aber, in den Erzählungen, rückt er sie in den Mittelpunkt und macht sich einen Spaß daraus, zu beobachten, wie seinen Helden das Butterbrot auf die falsche Seite fällt.

Die Komik des Malheurs ist bei Fallada ein Thema mit Variationen, das er nach allen Regeln der Kunst durchdekliniert. Er macht aus einer Kleinstadtposse einen Schildbürgerstreich, entwickelt aus einem Familienzwist eine blutige Rachegeschichte und sieht genüsslich zu, wie die deutsche Bürokratie an der Logik der Bauern scheitert. Es reitet ihn ein Schalk. Er parodiert, erzählt Schwänke, so manche Geschichte könnte Kafka geträumt haben, andere sind Fallada vom Besten oder einfach nur gut geschrieben, mit einem Humor, der von derb bis spitzfindig reicht.

Die vorliegende Ausgabe bietet nun die Möglichkeit, diesen etwas anderen Fallada kennenzulernen. Außer Erzählungen aus den frühen dreißiger Jahren enthält sie Familienepisoden und Beispiele für die Komik in seinen Romanen. Diesen sind auch die als Motto den Texten vorangestellten Aphorismen entnommen. Auch in ihnen zeigt er sich als gewitzter Denker, der im Jargon seiner Zeit zu Hause ist.

# Quellenverzeichnis

Bauern, Bonzen, Bomben, Rowohlt Taschenbuch Verlag, Reinbek bei Hamburg 2018

Der Ärmste, Die Kränkste von allen, Der Nabel der Welt, aus: Damals bei uns daheim, Rowohlt Verlag, Reinbek bei Hamburg 1969

Ein Krieg bricht aus, Das Wettrennen, aus: Der Eiserne Gustav, Aufbau Verlag, Berlin 2012

Ein Mann will nach oben, Aufbau Verlag, Berlin 2011

Schuller im Glück, Die Fliegenpriester, Der Bettler, der Glück bringt, Die offene Tür, Wie vor dreißig Jahren, Das Groß-Stankmal, Der Pleitekomplex, Warum trägst du eine Nickeluhr?, Bauernkäuze auf dem Finanzamt, Wie Herr Tiedemann einem das Mausen abgewöhnte, Der Gänsemord von Tütz, Pfingstfahrt in der Waschbalje, Essen und Fraß, aus: Gute Krüseliner Wiese rechts und 55 andere Geschichten, Aufbau Verlag, Berlin und Weimar 1991

Die Füllige, aus: Heute bei uns zu Haus, Rowohlt Taschenbuch Verlag, Hamburg 1957

Die schlagfertige Schaffnerin, Der standhafte Monteur, Sein sehnlichster Wunsch, aus: In meinem fremden Land. Gefängnistagebuch 1944. Hg. von Jenny Williams und Sabine Lange, Aufbau Verlag, Berlin 2017

Der Ausflug ins Grüne, Der Ärmste, aus: Kleiner Mann – was nun?, Aufbau Verlag, Berlin und Weimar 1982

Das biblische Wettgebären, aus: Strafgefangener, Zelle 32. Tagebuch 22. Juni – 2. September 1924., Aufbau Verlag, Berlin 1998

Eine ganz verrückte Geschichte, Der Boshafte, Die sündige Geflügelmamsell, aus: Wolf unter Wölfen, Rowohlt Taschenbuch Verlag, Reinbek bei Hamburg 2018

dtv